Das Buch
Narzissmustest für Führungskräfte, ein Spiel der Superreichen mit Menschenleben, Kaufboykotte, Narren, die moralische Leader werden, oder sozial-kontrollierter Stromverbrauch: In Sina Kamala Kaufmanns Geschichten ist die Welt, wie wir sie kennen, in eine mögliche, hartgesottene Zukunft versetzt.

Die Autorin
Sina Kamala Kaufmann studierte Politik, Philosophie und öffentliches Recht in Bonn. Anschließend arbeitete sie in der Gaming-Industrie. Sie lebt in Berlin.

Sina Kamala Kaufmann

Helle Materie

Nahphantastische Erzählungen

Für Gerlinde Klein

Inhalt

Nochmal, nochmal	9
Die Stöckelquote	11
Wettbewerbswochen	17
Eine Kleidergeschichte	31
Der N-Test	49
Mark und Bill	65
Opt-In Slavery	79
Der Bundesnarr	101
Produktivität	121
Mutterlied	143
The Infinite War I und II	151
Urschlamm	169

Nochmal, nochmal

Von der Decke hängen Kabel. Es ist ein großer, ein sehr großer Raum.

Mit sehr vielen Tischen. Zu jedem Tisch führen Kabel von der Decke.

An jedem Tisch sitzt ein Mann.

Es ist nicht leise. Es wird nicht gesprochen. Es ist hell. Nicht ordentlich. Nicht steril. Der Boden ist aus Beton.

Es war vor Jahren. Es ist schon fast historisch. Womöglich verfällt dieses Gebäude einige hundert Meter vom Stanford Campus heute.

Ich stand in Facebooks altem Engineering-Gebäude.

Diese Berauschtheit, mit der es gelebt, vorgezeigt und betrachtet wurde, mit potenzierter Berauschung, die Erlauchtheit, nur betrachten zu dürfen.

Auserwählt waren die, die hier an ihren Tischen saßen, mit den Kabeln bis hoch zur Decke. Auserwählt war ich, weil ich betrachten durfte.

Ein Bild, es legte sich daneben, beklemmend identisch.

In meinem Geschichtsbuch, also Gesellschaftslehrebuch: eine große Halle, viele Frauen saßen da, jede an einem Webstuhl. Der gesamte Raum voller Webstühle.

Man sah die Frauen von hinten, genau wie ich die Männer jetzt von hinten sah.

Der Beginn der Industrialisierung. Der Webstuhl. Unglaubliche technische Innovationen. Viele gelb hinterlegte Quellen: Briefe, die die körperlichen Schäden aufzeigten, Arbeitszeitdiagramme, Flugblätter. Die Botschaft: unwürdige, unmenschliche Arbeitsbedingungen. Ausbeutung vieler. Gewinne weniger. Beginn des modernen Konsumkapitalismus.

Und ich stand nun hier. Mitten in diesem Bild, in meinem Geschichtsbuch im 21. Jahrhundert. Die Bilder waren ähnlich, aber die Botschaften nicht. Es war doch so: Ich war erlaucht, fühlte mich erlaucht. Ein Einchecken in diese heiligen Hallen würde mir viel Neugier einbringen.

Damals. Noch ein wenig Mysterium umgab dieses mächtige Start-up aus der Hippie-Stadt. Das Internet war noch nicht ganz entzaubert.

Die Stöckelquote

Gestern Abend hat er sich in der Badewanne seine Beine rasiert. Jetzt die gedehnten, schwarzen Nylonstrümpfe über die glatte Haut zu ziehen, erregt ihn. Seine Freundin ist etwa so groß wie er. Ihre Strumpfhosen passen ihm also.

Daniel ist Ende 30 und arbeitet im mittleren Management einer großen Bank in Deutschland. Später wird er in der Vorstandssitzung persönlich die Ergebnisse seines Geschäftsbereichs vorstellen.

Ein eng anliegender Baumwoll-Slip? Normalerweise trägt er nur weite Boxershorts, das einzige, was von seiner Baggy- und HipHop-Phase zwischen 14 und 17 Jahren übriggeblieben ist, von den DC-Schuhen im Keller seiner Eltern einmal abgesehen.

Während er die Nylonstrumpfhose mit dieser Naht in der Mitte über seinen platt gepressten Penis zieht, wird ihm klar, welche Freiheit diese Boxershorts unter seiner Anzughose jeden Tag bedeuten. Sie darunter zu tragen, macht den Anzug zur Verkleidung, ihn selbst zum Rebellen, vielleicht sogar zum Spion, der sich in dieser glatten Welt nur umguckt.

Die Freiheit darunter. Nix unterm Kilt. Ein weißer Kittel. In seinem Fall eher die Robe des Teufels – aber auch dieser Job muss in einer wahrhaft pluralen Gesellschaft ja von jemandem erledigt werden.

Soll er die Naht rechts neben seinen Eiern verlaufen lassen? Oder links oder irgendwie mittig darüber? Wie hoch soll er den Strumpfhosenbund ziehen?

Seinen Vortrag, der circa sechseinhalb Minuten dauert, hat er geübt – diesen Aufzug nicht … ihm schwant, dass das ein Fehler war.

Großspurig hat er sogar seine Freundin entlassen, als sie ihn fürsorglich fragte, ob er Hilfe beim „Fertigmachen" brauche.

Die Schuhe hat er selbst gekauft und eingelaufen. Auch das hat ihn überraschend betört. Sich auf diese Anstrengung einzulassen. Er musste ja. Und diese unwirklich hohen Schuhe zwingen ihn nun, sich von seinen üblichen körperlichen Abläufen zu lösen. Wie er sich stattdessen bewegen soll, ist ihm ein Rätsel. Krabbeln ist keine Option.

Daniel imitiert irgendeine vage Vorstellung, die er vom Bewegungsablauf des Stöckelschuhgangs hat. Er weiß, es sieht albern aus.

Dieser Auftritt wird ein Spießroutenlauf.

Wird er …? Wie soll er den Blicken standhalten, den Versuchen, ihn in diesem Aufzug, mit dieser verqueren Körpersprache einzuschätzen, zu beurteilen, zu verurteilen? Wird er im Laufe des Tages zu einem Rhythmus, zu irgendeiner Art Wohlbefinden gelangen? In ihm baut sich Angst auf, etwas blockiert Stück für Stück. Das jetzt tatsächlich durchzuziehen, verlangt mehr von ihm, als der Rebell geahnt hat. Der Mann in ihm, einer, von dem er nicht einmal wusste, dass es ihn gibt, ist herausgefordert – etwas ist anders als sonst – das hier ist körperlich, sinnlich, unangreifbar. Ohne Ausweg, ohne Klarheit.

Er geht vom Schlafzimmer ins Bad und setzt sich auf den Klodeckel, den er vorher herunterklappen muss. Niemand macht das je, denkt er.

Alle möglichen Gefühle kriechen gleichzeitig durch ihn hindurch. Er stellt seine knochigen Ellenbogen auf die Oberschenkel und stützt seinen Kopf auf die Hände. Seinen nackten Rücken bedrückt gekrümmt. Da sitzt er, nur bis zur Strumpfhose der Frau nahegekommen.

Er stellt sich vor, wie er die Bank betritt. Wie wird es sich anfühlen, wenn er den Blicken, sicher nur verstohlenen, standhält, um mit so etwas wie Stolz durch die Lobby zu schreiten. Das alles war ja nicht mal seine Idee gewesen. Wo sollte der Stolz also herkommen? Er spürt die warmen Fliesen unter seinen großen, in Plastik gepackten Plattfüßen.

Dankbarkeit für die Fußbodenheizung.

Die Wärme steigt wohlig seine Beine hinauf, um sich dort dem kalten Chaos, das schon seinen Bauch erreicht hat, entgegenzustellen. So geht es ihm schon etwas besser.

Er sitzt da wie der Denker! Nackt, in Nylon, der Verzweiflung nah, auf seinem Klo, in dem weißen Bad. In dieser Pose von jemandem wie Helmut Newton porträtiert werden! Diese Vorstellung, sein Bild erregt ihn. Instagram? Wo ist sein Telefon? Eine leichte Erektion drückt gegen den gespannten, transparenten Stoff über seinem Penis.

Was für ein sicheres Gefühl.

Hat er jemals so schamfrei und abgesichert einen Ständer an sich, in sich wachsen gespürt?

Als wüchse er nach innen, nicht nach außen.

Das pochende Blut, seine dünne Haut und deren Feinheit spürt er deutlich an diesem flexiblen Stoff, der kaum weicht. Ein Gegner. Das fester werdende Fleisch kommt nicht dagegen an.

Hat er vor der Erektion an Instagram und sein Handy gedacht? Er spürt das Ende. Das Erkennen des digitalen Ego-Impulses stößt zu dem bleiernen Sumpf in seinem Magen.

Wärme weg, Erektion weg. Schuld pur.

Doch Daniel kann das neue Gefühl unsichtbarer Erregung noch abrufen. Er lächelt sein tiefes Lächeln. Eine Träne steigt in sein Auge, ohne abzutropfen. Schade, doch das könnte man noch photoshoppen.

Immer noch spürt er seinen Penis, die Naht, seine ausglimmende Geilheit, seine eigene und die allgemeine Absurdität.

Vorfreude auf das erzwungene Experiment. Er geht beschwingt und mit innerer Stärke zurück ins Schlafzimmer, überzeugt von der Wichtigkeit seiner Mission, die den Tag zu einem Vergnügen machen wird. Zu diesem neuen Gefühl wird er in Momenten des Zweifels, durch kritische Blicke hindurch, zurückfinden.

Getragen von dieser Gewissheit schwebt er in seinen matten, halbtransparenten Strumpfhosen über den weichen Teppich ins Schlafzimmer, zur U-Bahn, durch die Lobby und ist glücklich. Die Naht mittig.

Lösung

Im Jahr 2020 stellte es die Bundesregierung Unternehmen frei, die nicht erreichten 50 Prozent an Frauen in Aufsichtsrats- und Vorstandssitzungen durch eine entsprechende Anzahl von Manager-Männern in „klassischer" Frauenkleidung auszugleichen – statt zu einer starren Frauenquote zu verpflichten. Manager-Frauen dürfen selbstverständlich weiterhin tragen, was sie wollen.

Wettbewerbswochen

Stockdunkel trifft es nicht. Es ist finster. Lotte hat niemals eine Stadt, eine Straße so unbeleuchtet gesehen.

Es ärgert sie mehr als in jeder anderen Nacht, den Dynamo nicht repariert zu haben. Ob sie lieber absteigen soll? Der letzte Winter ist hart gewesen. Die Schlaglöcher sind tief, sie sieht gar nichts. Ihr nächster Pedalschlag könnte ihr letzter sein. Sie glaubt, das Risiko der Straße erspüren zu können, indem sie sehr langsam fährt. Vorsichtig tastet sie sich voran. Immerhin sind ja weiterhin Menschen auf den Straßen und die Handynetze funktionieren. Nicht alle benutzen ihre Handys diese Woche, manche hängen ihre Geräte – trotz des Wettbewerbs – an Steckdosen. Andere haben sich eines dieser Solarladegeräte angeschafft, lange bevor sie restlos vergriffen waren. Irgendjemand könnte also, selbst wenn sie hier in ein Schlagloch radelte, aus dem Sattel geschleudert einen doppelten Salto machte, auf den Asphalt klatschte, schwer verunglückte, einen Notarzt rufen. Ein Krankenwagen käme, mit Licht, und man brächte sie in das nächstgelegene Krankenhaus. Bei diesem Gedanken bremst sie abrupt: Das nächstgelegene Krankenhaus ist das schlechte … Lotte steigt vom Rad, läuft zum Bordstein, hievt ihr Gefährt über die Kante und schreitet auf dem breiten Bürgersteig an der kaputten Straße entlang. In ihrem Stadtteil haben Bürger im vergangenen Sommer Blumen in die

Schlaglöcher gepflanzt. Die Stadtkammer fand die Idee so klasse, dass daraus ein Beschluss wurde. Sie hat das gelesen, sich gefreut. Ein bepflanztes Schlagloch gesehen hat sie allerdings noch nie.

Zum ersten Mal seit Wochen kehrt Lotte in ihre Wohnung in der Stadt zurück. Sie ist vom Landhaus losgefahren, als es noch hell war, und die letzten drei Stunden ist sie gemütlich geradelt, hat wenige Pausen gemacht. Hätte sie daran gedacht, dass zurzeit Wettbewerbswochen sind, wäre sie womöglich noch etwas länger in ihrem Refugium geblieben. Lotte verspürt seit kurzem das Bedürfnis, eine Katze zu kaufen, ein spontanes, starkes Verlangen ist das gewesen und es geht nicht weg, sie will ihm nachgeben. Vertuscht sie in diesem Katzenkaufimpuls – auch vor sich selbst –, dass sie einfach mal wieder alleine sein will? Die anderen, mit denen sie jetzt permanent zusammenlebt, sind nicht begeistert von der Idee mit der Katze. Und dass es keine Katze von einem Bauern aus der Nachbarschaft sein darf, sondern unbedingt eine großstädtische Katze sein muss, das versteht auch keiner. Aber das ist auch nicht so wichtig, Lotte will es so, und sie will es ziemlich, das haben die anderen gleich gespürt, also gab es überhaupt keine Debatte darüber. Es gibt sowieso selten Debatten, die Abläufe sind unerwartet problemfrei. Der tiefe gegenseitige Respekt, den ihre Freundschaften früher ausgemacht haben, prägt auch jetzt das Zusammenleben. Man kann einen nach dem anderen aufblühen sehen. Ja, auch sie ist sehr glücklich. Glücklich zusammen. Sehr glücklich, zwingt sie sich zu denken, während sie weiter durch die Nacht marschiert.

Big Data. Big Dada. Big Dada. Alle sind völlig verrückt geworden. Es ist dunkel, alle machen mit, alle sparen mit und spielen mit. Es gibt sie beide in uns: die schwäbische Hausfrau und den Zocker. Und der Hauptgewinn? Zwei regionale Extrafeiertage, eine Baukostenübernahme des Bundes für Sportanlagen für die nationale Olympiabewerbung sowie kostenlosen Nahverkehr in der Siegerstadt. Schon spielen alle verrückt? Es ist perfekt inszeniert, da hat sich etwas in Bewegung gesetzt. Eine große, staatliche Forschungsgesellschaft ist die tragende Säule dieses Wettbewerbs.

Es fällt Lotte schwer, sich vorzustellen, dass es jetzt fast in der ganzen Republik so dunkel ist wie hier. Man hat schon von Leuten gehört, die, um heiß zu duschen, mit dem Fahrrad bis nach Hamburg radelten. Gut für die Statistik hier und höherer Verbrauch für die Konkurrenz dort.

Was wurde geschimpft über diese Idee, die große Stromspar-Competition zwischen Städten, Kommunen und Kiezen. Und das Land wurde nebenbei neu eingeteilt. Das sei doch keine Politik, Bürger wären doch keine Kindergartenkinder, die man zu gutem Verhalten motivieren müsse. Außerdem sei es kontraproduktiv, denn die Stromnetze würden Schaden nehmen, wenn sie über längere

Zeit so unausgelastet seien. Man könne außerdem die überschüssige Energie gar nicht speichern, sei auf einen hohen Verbrauch angewiesen. Ökologisch betrachtet mache das keinen Sinn, sagen manche. Kurzum: Es wurde genörgelt. Viele schrien, das sei eine elitäre, eitle urbane Sache. Also wurde die Idee etwas modifiziert. Schon klar, dass Buxtehude nie in der Lage wäre, die Olympischen Spiele auszurichten. Also: zusätzliche Preise, Kategorien, jeder für sich und als Teil seiner Region, seines Kiezes, seiner Straße, seines Hauses. Und der Olympia-Bewerbungs-Zuschuss wurde abgeschafft. Stattdessen wird es nun ein großes Bürger-Sportfest geben, ein stattliches städtisches Kräftemessen. Die Region, die gewinnt, wird also mit Luxus-Sportanlagen und der Ausrichtung des Mega-Sportfests, den Bundesbürgerspielen, beglückt. Die Öffentlich-Rechtlichen könnten auch aus Buxtehude problemlos berichten.

Dann gab es Korinthenkacker, die der Ansicht waren, solche Berechnungen seien gar nicht so exakt möglich, das sei alles höchst unseriös. Jemand besonders Patentes vom unterstützenden Institut hat daraufhin erklärt, wie in den vergangenen Jahren bundesweit alle Stromzähler digitalisiert worden seien, wie sie erst mit PKWs durch die einzelnen Straßen haben fahren müssen und jede Wohnung einzeln betreten haben, um die Zähler auszulesen. Datenschutz. Datenangst. Bis man sich einen Ruck gegeben habe, die Daten direkt übers Internet an den Stromanbieter und an eine zentrale Stelle zu leiten. Somit seien alle Verbrauchsdaten, die in dem Portal zusammenflossen, korrekt. Der Verbrauch jedes Haushalts, jedes Hauses, jeder Straße, jedes Kiezes könne nun betrachtet und unter verschiedenen Gesichtspunkten verglichen werden. Schick haben sie das umgesetzt. Mit einer überraschend guten Usability für ein Internetangebot der Verwaltung.

Tatsächlich könne es noch individuelle Stromerzeugung geben. Ob jemand heimlich einen Generator anwerfe oder den eigenen Verbrauch ohne Netz-Einspeisung aus seinen Solarzellen decke, könne man schließlich nicht überprüfen. Aber im Großen und Ganzen war der Institutsmitarbeiter optimistisch, dass die Datengrundlage zuverlässig sei und dass die Wettbewerbskommission gründlich arbeite. Transparenz, die er lieber Sichtbarkeit nennen wollte, mit einem Verbrauchsbewusstseins-Wettbewerb zu verbinden, sei einfach wunderbar und könne zu nachhaltig verändertem Verhalten führen. Solch ein Wettbewerb könne schließlich Automatismen aufbrechen, Routinen hinterfragen und gleichzeitig das Gemeinschaftsgefühl stärken.

„Zusammen achtsam im Dunkeln", spottet Lotte, als sie an die Worte des Herrn Wissenschaftlers zurückdenkt. Er könne die ganzen Schwarzmaler nicht mehr hören. Die Technik existiere und man müsse aufhören, immer nur zu jammern, und etwas ausprobieren, nach vorne schauen, gestalten. Einer dieser äußerst motivierten Männer.

Aber mit einem solchen Wettbewerbsgeist und der daraus folgenden Dunkelheit hat dann doch keiner gerechnet.

Als die Plattform erstmals online ging, verglich Lotte ihren Stromverbrauch mit anderen Ein-Personen-Haushalten aus der Nachbarschaft. Sie fand keinen einzigen im Umkreis von fünf Kilometern, der noch mehr Strom verbraucht als sie. Es ist frappierend. Ja, sie duscht lange, und es hat wohl auch niemand, der allein lebt, eine Kaffeemaschine mit zwei dermaßen heißen Kesseln oder auch nur annähernd so viele illegale Glühbirnen. Die mit den Glühfäden, in denen man die sich bewegenden Elektronen fast noch sehen, zumindest aber erahnen kann. Die Teilchen, die Elektronen sind echt; der Strom etwas Virtuelles. Lotte hängt an diesen glühenden Birnen, die sie aus Restbeständen in Italien und Dänemark im Internet bestellt hat, für viel Geld. Ins Darknet muss man dafür nicht, noch kriegt man sie bei eBay als Import.

Jeder im Haus kann jetzt sehen, dass sie Strom frisst, zum Frühstück, Mittag, zur Vesper, Abendessen – mindestens fünf Mahlzeiten täglich. Sie hat sich da etwas zurechtgelegt: Wenn jemand sie anspräche, würde sie fragen, ob man denn vielleicht ein paar Kleidungsstücke von ihr mitwaschen könne. Das lohne sich ja meist nicht für die paar Teile, aber die hellen, dunklen, bunten, die könne man ja auch nicht zusammen waschen … Bisher hat sie aber noch niemand zur Rede gestellt. Und nun, seit sie mit den anderen da draußen lebt, haben sich solche Verteidigungsüberlegungen sowieso erübrigt. Gemeinschaftliches Stromfressen ist nur halb so verwerflich und außerdem viel gemütlicher.

Sie biegt in ihre Straße ab und erschrickt: Hat sie das Licht brennen lassen? Alle Fenster sind dunkel, nur eines ist hell erleuchtet. Sie beruhigt sich. Das ist nicht ihres, sondern eines auf der gleichen Etage im Nachbarhaus.

Die Post. Sie fällt ihr in die Arme und ergießt sich über sie, als sie den Briefkasten aufschließt. Briefe, kleine und große Umschläge, einige Prospekte, all das landet erst auf ihren Schultern und dann auf dem Boden. Es ist ein wunderbares Gefühl, so sanft beregnet zu werden. Allein für diesen Moment fährt sie gerne weg. Und kommt gerne wieder. Am liebsten gegen Ende des Monats. Da kommt mehr Post. Sie hat sich noch nie selbst eine Karte geschickt, aber da sich Postkarten besonders gut anfühlen, hat sie schon darüber nachgedacht. Die Ecken des härteren Kartons pieksen frech zwischen den diversen gediegeneren Briefen.

Lotte sammelt manches ein, lässt einigen Werbemüll auf dem Boden liegen, fegt ihn mit dem Fuß unter den an der Wand hängenden, überquellenden Mülleimer bei den etwas zu hoch angebrachten Briefkästen. Wenn sie das Haus später wieder verlässt, dann wird sie das vielleicht aufheben und in den Mülleimer hineindrücken. Jetzt muss sie in die Wohnung.

Lotte wirft die Post auf die Couch, öffnet ein Fenster, setzt sich an ihren Schreibtisch, holt ihren Laptop aus der Tasche und schließt ihn an den Beamer an. Sie hat ihre Fotos nach Farbanteilen sortieren lassen. Die Ordner auf ihrer externen Festplatte heißen Rot, Grün, Gelb, Blau, Schwarz. Manche Bilder befinden sich auch in mehreren Ordnern. Ihr digitales Bildergedächtnis, ihr fotografiertes Leben ist umfangreich. Sie guckt die Bilder nicht an, teilt sie nicht mit der Welt in digitalen Netzwerken und löscht keine Duplikate. Viele sind unscharf, verwackelt, sie will sie gar nicht mehr angucken, nie wieder. Oft ärgert sie sich darüber, sie überhaupt gemacht zu haben. Digitales Messietum. Aber seit sie diese Sortierfunktion gefunden hat, meditiert sie über der entstehenden Mischung. Sie lässt sie einfach laufen, wie andere den Fernseher lässt sie ihr Leben nebenbei laufen, je nach Stimmung in grün oder gelb. Ob sie irgendwann auch die Musikbibliothek damit verbinden kann, sodass die Farben und Melodien direkt aufeinander abgestimmt abgespielt werden können? Noch muss sie die Begleitmusik händisch auswählen. Zu dunkelblau hört sie oft Chopin, orange sind Beethoven-Konzerte und gelb und weiß sind Mozart oder Steve Reich.

Sie hat nicht wirklich geputzt, bevor sie abreiste. Die Kamillen, die sie frisch liebt, stinken bestialisch. Widerwillig holt sie einen frischen Müllsack, öffnet ihn, wirft die Blumen hinein und schüttet das kontaminierte Wasser weg. Sie geht zurück an den Schreibtisch und ergoogelt sich die nächstgelegenen Tierheime. Ein Anflug dieser vertrauten Leere, und sie hat plötzlich nichts dagegen, diese Wohnung und die Stadt schon bald wieder zu verlassen, sich mit den anderen beim Rummikubspielen abzulenken.

„Samtpfoten Südstadt". Wunderbar. „Adoptionsbedingungen". Sie hofft, dass das Adoptieren einfacher sein wird als sich für eine Wohnung zu bewerben. Etwas Geld und ein Ausweis genügen. Transport und Futter sind noch offen. Futter, Fressi, Fressi. Sie googelt weiter. Acht Millionen deutsche Katzen fressen pro Jahr 30 Millionen Kilo Thunfisch, pro Tonne Thunfisch kommt im Schnitt ein Delfin um. Sie googelt weiter: „Katzen vegan ernähren". Alarmierte Tierschützer warnen Vegetarier davor, ihre Katzen zu Vegetariern zu machen, wegen der dramatischen Folgen für die seelische und körperliche Gesundheit des Tieres. Trockenfutter enthält Abfallprodukte aus der allgemeinen Fleischproduktion. Fein.

Sie geht zum Fenster, um einen Blick in den Käfig zu werfen. Die Tauben. Ihr Nachbar kümmert sich gut um die drei, und der Anblick dieser auf primitive Weise anmutigen Tiere beruhigt sie. Ihr Nachbar ist auch völlig dada. Er hatte vor zwei Jahren ein, er nannte es damals „Start-up", gegründet. Dort konnte man E-Mails in der Geschwindigkeit verschicken, in der Brieftauben fliegen. Der Empfänger wurde informiert, dass eine Nachricht unterwegs war und konnte die Brieftaube bei ihrem Flug verfolgen und die Mail erst dann lesen, wenn die Taube bei ihm eingetroffen war. Lottes Nachbar war überzeugt, dass diese Innovation die dringend benötigte Entschleunigung in die hyperschnelle Kommunikation brächte. Für die Pressevorstellung des neuen Internetdienstes bestellte er drei Brieftauben. Die Tiere waren gegenüber den anwesenden Journalisten in der Überzahl. Nach diesem missglückten Auftakt der Verlangsamungsplattform hat sich Lotte der Tauben angenommen. Sie gurren nicht. In Lottes Phantasie sind die drei sehr alt und haben bereits im ersten Weltkrieg gedient – als trainierte, kriegserfahrene Soldaten. Sie, Lotte, leitet ein Brieftaubenaltersheim für dekorierte Veteranen. Der Herr Nachbar kümmert sich auch um die Tauben, die im Innenhof fast direkt vor ihrem Fenster leben. Er muss dafür nicht einmal ihre Wohnung betreten, sondern kann vom Innenhof aus Futter in den Käfig legen. Nur frische Nahrung bekommen die alten Tauben von ihm nie. Das einzig Frische, was es je bei ihm gibt, ist die Gurke für seinen Moscow Mule.

Lotte klingelt bei einem anderen Nachbarn, um nach ein paar Gemüseresten für die Tiere zu fragen. Ihr eigener Kühlschrank gibt gerade nichts her. Später, im Supermarkt, wird sie noch mehr Grünzeug für die Vögel kaufen. Die Nummer des Tierheims studierend greift sie abwesend zu ihrem schnurlosen Telefon. Der Akku ist leer. Tote Displayanzeige, kein Geräusch. Auf dem Weg zur Ladestation überlegt sie es sich anders. Sie kann auch einfach mitmachen. Stromfasten!

„Samtpfoten Südstadt". Es ist schon zu spät, um dort jetzt noch hinzufahren. Sie verschiebt es auf morgen.

Vor Ort, im Tierheim, erfährt sie, dass sie noch einen weiteren Tag in der Stadt bleiben muss, denn ihre Daten müssen überprüft werden. Es gebe polizeilich gemeldete Tierquäler, denen wolle man keine Tiere aushändigen. Die gemächliche Mitarbeiterin kopiert ihren Pass. Lotte fährt zum Supermarkt und flaniert durch einen Blumenladen. Morgen wird sie die Katzen abholen. Katzen. Zwei. Sie hat sich nicht entscheiden können. Die beiden waren sehr süß und es umgab sie doch, genau wie Lotte es gehofft hatte, diese besonders stolze Großstadtaura. Während sie vor großen, schon geöffneten, duftenden weißen Lilien bei ihrem vertrauten Blumenladen steht, überlegt Lotte vorfreudig, wie sie die Kätzchen unversehrt mit ihrem Fahrrad zum Hof bekommt; sie stellt sich vor, wie die Tiere sich einleben, wie sie mit den Kätzchen und ihren Freunden auf dem Sofa sitzt und kuschelt. Jeder schmust doch gern mit diesen flauschig-weichen, sanften Lebewesen, die Nähe so bestimmt und autonom einfordern.

Als sie am nächsten Tag noch einmal ihre Wohnungstür aufschließt, um ihre Tasche zu holen und die Wohnung auf ihre Abwesenheit vorzubereiten, trägt sie den Korb in der linken Hand. Die Katzen sind spürbar neugierig, miauen und wuseln umeinander herum, so dass es nicht ganz leicht ist, den Korb mit einer Hand auszubalancieren.

Sie lässt ihn im Flur stehen und öffnet das Türchen, so dass sie herausstolpern können. Ob eine der beiden oder sogar beide die Chance ergreifen werden, sich in ihrer Wohnung umzusehen, bevor es auf's Land geht? Auf der Fahrt werden sie noch lange genug eingepfercht sein. Lotte sucht ihren Kram zusammen. Das hässlichere Tier, hauptsächlich weiß mit ein paar schwarzen Flecken am Kopf, tigert zielsicher in die Küche.

Als Lotte sich nach dem Zusammensuchen und Packen ihrer Sommergarderobe abschiednehmend umsieht, fällt ihr schweifender Blick aus dem Küchenfenster auf die zerfleischte Taube. Lotte schreit nicht auf. Keine Abscheu, kein Ekel, nicht mal ein echter Schreck durchfährt sie, als sie das Massaker betrachtet. In der kurzen unbeaufsichtigten Zeit hatten die Katzen … Lotte erstarrt.

Dann breitet sich eine stärkende Härte in ihr aus, darauf hat sie lange gewartet. Da war sie: Entschlossenheit. Lotte nimmt ruhig ihre Tasche; sie prüft, ob beide Raubtiere im Körbchen sitzen, verschließt es und verlässt die Wohnung. Ihre Tasche und den Korb mit den Katzen stellt sie im Hausflur ab, geht in den Innenhof, nimmt das leidende, blutverschmierte Tier vom Boden des Käfigs. Sie spürt, wie der warme Körper des alten Taubenherrn pulsiert, und zwar heftig. Lotte nimmt seinen kleinen Kopf und dreht ihn langsam herum, bis sie ein leises Knacken spürt und das Pulsieren langsam schwächer wird. Sie sucht einen Kartonrest aus der Papiertonne als Schippe und gräbt behutsam ein Grab für den alten Herrn, kritzelt eine Nachricht für den Nachbarn auf einen Zettel und lässt die beiden Überlebenden, die alten Taubendamen, allein in ihrem blutigen Käfig zurück. Stellt ihre Tasche in den hinteren, die Katzen in den vorderen Fahrradkorb und radelt los.

Nach zwei Stunden biegt sie, von ihrer Route abweichend, rechts in einen Waldweg ein, fährt dann nach links auf einen noch kleineren Weg, bis sie auf einen großen Picknicktisch mit einer Holzbank stößt. Sie atmet ein und aus. Es ist still um sie herum. Man hört die Straße nicht mehr.

Ihr Herz pocht heftig und es beschleunigt sich noch mehr, als sie die hässlichere Katze aus dem Korb hebt. Sie umfasst den schwarzweißen Fellkopf. Ihr rechter Daumen liegt zwischen den Ohren des Tiers. Mit der restlichen Hand hält sie den Kiefer des Tieres umschlossen. Ihr linker Arm, ihre linke Hand drücken den Körper der Katze auf den Tisch. Der haarige runde Kopf ruht weiter in ihrer verdrehten rechten Hand. Mit einem Ruck reißt sie das Handgelenk herum. Hartes Zerknirschen. Null Gegenwehr, gar kein Laut. Jeder Widerstand, jede Spannung weicht aus dem in sich zusammenfallenden Fellkörper.

Lotte ist noch nie Fallschirm gesprungen, doch sie vermutet, dass gerade ähnlich viel Adrenalin in ihren Körper gepumpt wird. Sie legt die tote Katze zurück in den Korb, der dreimal teurer gewesen ist als die Ablöse, die sie dem Tierheim für die beiden gezahlt hat, und fährt zurück auf die Straße.

Essen, was man selbst getötet hat, denkt Lotte, als sie später die leblose Katze auf den großen gemeinsamen Küchentisch legt und daneben einen Stapel Ausdrucke: _Katze schwarze Würzelsoße_, _Katz im Ofen_, _Katze mariniert in Pisco_ und _Katze häuten selbst_, translated by Google translate.

Die überlebende Katze miaut, umstreift Lotte sanft und reibt das Köpfchen sehnsüchtig an ihrem Hosenbein.

Lösung

Eine Kleidergeschichte

Timo betrat den Laden und durchquerte ihn. Eine dunkelorange, fast rote Kleidungskombination zog ihn an. Timo öffnete das Etikett: *„Dunkle Orangen-Garde, Mindesttragedauer 14 Monate. Der Käufer verpflichtet sich für diesen Zeitraum, dem Anbau sowie der Produktions- und Lieferkette von Blutorangen regelmäßig seine Aufmerksamkeit zu widmen."* Es folgte die Adresse eines Öko-Orangenbauern in Spanien. *„Des Weiteren verpflichtet er sich dazu, fünf verschiedene Sorten Obst pro Woche und mindestens eine ganze Frucht pro Tag zu essen."* Timo konnte nicht lachen. Er blätterte in dem gefalteten Etikett, mit mehreren dünnen Seiten. Viel Text. Sein Kopf tat weh. Er drehte sich um. Hinter ihm schien sich eine sehr schlanke, gerade noch junge Frau an einem grüngrauen Kimono festzuhalten. Neugier. Sie wirkte plötzlich entschlossen und marschierte mit ihrem Set an grüngrauen Kleidern zur Kasse, kramte in ihrer Tasche nach dem Social-Network-ID-Kärtchen. Mit dem Bezahlen wurde ihr Vorhaben unwiderruflich für alle sichtbar sein. Sie studierte den ähnlich umfangreichen Anhänger ihres neuen Outfits. Jetzt konnte er auch: Er ging, seiner Neugier nachgebend, hinüber zu der Stange, von der sie die irre grüngraue Montur genommen hatte. Las. Was? *„Smoking, stop smoking."* Timo war gelangweilt. Grün die Hoffnung, grau der Tabak. Sein Interesse an der Frau verflog.

Wie hatte das hier begonnen? Wie viele Montage waren es bis hierhin gewesen? Der Anfang war spannend. Ein sanftes Revolutionsgefühl hatte alles begleitet. Sie trugen Weiß und waren viele. Ein weißes Kleidungsstück signalisierte, dass man mitmachte. Keine großen Manifeste. Seine Erinnerungen kamen zurück: Es hatte sich gut angefühlt, Teil von etwas zu sein. In den kurzen Erklärungen der Weißen Bewegung hatte es nichts Antikapitalistisches oder überhaupt Politisches gegeben, auch nichts Biestiges, nichts Wollendes, das hatte viele angesprochen. Und die Läden blieben leer. Kaum jemand kaufte etwas. Einfach so. Einfach nicht.

Einige Jahre vor der Zeit der Weißen Montage hatte Timo Stolz empfunden, als die Amerikaner Deutschland offiziell für ihre zu geringe Binnennachfrage kritisierten. Nationalstolz – dieses Wort war für Timo bis dahin verwerflich gewesen. Auch der neue Hype um Deutschland als wirtschaftlich starkes, vernünftig reformiertes Land und vermeintlicher Retter Europas hatte ihn nicht ergriffen. Im Gegenteil, er genoss sie nicht, die neidvolle Bewunderung mancher Franzosen, Engländer und Amerikaner, sondern er fürchtete viel eher die differenzierende Wut der Griechen, Italiener und Portugiesen. Gerade meinte er, die Scham für seine Staatsangehörigkeit, die er seit der sechsten Klasse bei jeder Auslandsreise verspürte, gebannt zu haben, da kam diese Euro-Krise. Timo, der Deutsche, war in einem Brummkreisel gefangen.

Als er nun aber hörte, wie sich die Amerikaner über den Exportüberschuss der Deutschen mokierten, wie sie lautstark forderten, die Deutschen müssten ihre Binnennachfrage ankurbeln, und als er daraus schloss, dass die Nachfrage niedrig war, stieg unvermittelt ein wohlig warmer Stolz in ihm auf.

Es grämte Timo, dass seine Nationalität überhaupt mit so unmittelbaren Affekten wie Stolz oder Scham verbunden war. Er schämte sich dafür, deutsch zu sein, und für seine Scham an sich. Scham über die Scham. Leider musste er einsehen, dass die bewusste Affektkontrolle Grenzen hatte und ein gewisses Gefühl blieb, egal, wie sehr sein Intellekt dagegen vorging.

Sie kauften also nicht so viel, die Deutschen? Richtig so, dachte er, den ganzen Kram brauchen wir eh nicht. Timo, der junge Lehrer, war gerührt gewesen von seinen Landsleuten.

Er blieb jetzt vor einem hohen Spiegel stehen, betrachtete sich und strich über seinen sorgfaltig gepflegten Bart, und dabei dachte er an seinen werkelnden Opa, der alles reparieren konnte und es auch tat. Timo verachtete jenen Konsum, der Bedürfnisse erzeugte, statt sie zu befriedigen. Es war irritiert davon, dass Konsum vom Dreh- und Angelpunkt unseres Wohlergehens zum Dreh- und Angelpunkt der Persönlichkeit geworden war. Und jener Irritation entsprang wohl auch sein Impuls, den affektierten

Bioladenmenschen ebenso ins Gesicht zu schlagen wie allen Instatussis und Modeheinis dieser Welt. Dieser bequem ausgeblendete, sogenannte blinde Fleck, an dem wir uns von den Identitären unsere queeren, mit handgepflücktem Kakao gebutterten Hintern küssen lassen.

Wenn Timo jemanden kennenlernte, konnte er hinter den Kulissen schwerlich etwas erkennen, so verschüttet und gleichförmig waren die Charaktere. Verschüttet unter selbstgewählten, erkauften Persönlichkeitsmerkmalen, maximal erschöpft von der großen Anstrengung, sich mit Kleidern, Kaffeebohnen, Tweets, Kinderwägen, Möbeln, extravaganten Hobbys, Wandfarben, dem ausdifferenzierten Fahrradzubehör, gelikten Charity-Pages und Profilfotos sichtbar zu machen. Unsicher ihre Werte vor sich herschiebend, sich ihrer wieder und wieder versichernd, indem die Dinge, die sie repräsentierten, genutzt und gezeigt wurden. Und dann fand Timo sich als Gegenüber in der Rolle wieder, das, was er gar nicht sah, sondern lediglich sehen *sollte*, bestätigen zu müssen. Wagte er es doch einmal, tiefer zu blicken, wurde seinen Tinderdates mulmig oder sie machten ihm gleich nach der ersten Nacht einen Heiratsantrag.

Er blieb vor einem Tisch stehen und nahm einen der aufgetürmten knallroten Nicki-Pullover in die Hand. „*Relaxed Red*" stand auf dem Etikett. Das flauschige Oberteil verfügte über Mikrosensoren im Kragenbündchen, diese erfassten die Anspannung der Nackenmuskulatur. War der Stress zu hoch, waren die Muskeln verhärtet, wurden eingehende E-Mails, Messenger-Nachrichten und sonstige Benachrichtigungen automatisch blockiert, bis die Muskulatur wieder weicher geworden war. Der Kragen war abnehmbar und konnte auch über anderen Shirts getragen werden.

Timo sprach nicht mehr über seine Wut. Grundsätzliche Konsumkritik ist ein Killerthema. Jeder stimmte zu, zumindest mehr oder weniger, und weiter – weiter durfte man nicht denken. Zweifeln brachte die Lebensroutine in Bedrängnis. Solche Themen sparte man in seinem Freundeskreis mittlerweile aus, sprach konstruktiv über Naheliegendes. Lieber weiter so, keiner war mehr jung genug, alle relevanten Lebensentscheidungen waren bereits getroffen. Reflexion führt ins Ungewisse. Lieber blieben sie an der Oberfläche, an derselben Oberfläche, die sie selbst weiterhin so gerne zynisch kommentierten. Das Risiko, zu weit zu denken, die Anschlussfähigkeit zu sich, zur eigenen Timeline zu verlieren, war zu groß. Er hatte sich damit abgefunden, selbst keine Konsequenz leben zu können.

Und dann kam der Weiße Tag. Der Weiße Tag, der mit den dunklen Grundfragen spielte und ihnen ein leichtes Weiß entgegensetzte. Der einlud zu etwas, was vom Verfassungsschutz später als systemgefährdend eingestuft wurde.

Die Weißen Montage waren zunächst von drei 16-Jährigen angeregt worden. Sie brauchten keine Wachstumskritik, keine Debatten über die Binnennachfrage. Ihnen kam das Konsumieren einfach bloß albern vor, sie brauchten keine Karikaturen ihrer selbst. Wahrscheinlich hatte die Werbung sie kurz übersehen. Vielleicht, grübelte Timo, hatte die Werbebranche nur einen Augenblick nicht hingeschaut; sich nicht wie sonst über die Bande der Jugendlichkeit an die eigentliche Zielgruppe, die schon lange nicht mehr junge, herangemacht. Werber, die damals in den Agenturen einen Moment zu lang die Älteren selbst in den Blick genommen und die darüber die Jugend, sonst als Projektionsfläche für die Sehnsüchte der Zielgruppe 45plus missbraucht, vergessen hatten. Und die Jugend ließ den unbeaufsichtigten Augenblick nicht ungenutzt. Sie füllte das Vakuum. Nutzte diese Freiheit schneller, als alle gucken konnten. Der Weiße Tag wurde groß, uferte global über wie eine versehentlich viral gewordene Party.

Schlichte weiße Kleidung signalisierte, dass man an diesem Weißen Ramadan teilnahm, an diesem Konsum-Gedenktag, dem Tag des Verzichts. Der zu einem Tag des Gewinns wurde. Außer für die drei Kids, die ihre Tage hinter Gittern verbringen mussten, während Timo durch diesen innovativen Laden schlenderte, den es ohne den Weißen Tag und die Jugendlichen nie gegeben hätte.

Es begann nicht in Berlin, wo das Kritischsein als Pose oder geplantes Projekt ausreicht. Wo jedes engagierte

Theaterkind früh auf großen Bühnen gefügig gemacht wird. Wo Widerständigkeit in Aufmerksamkeit verglüht. Wo Ergebnisse, die zu weit über einen selbst hinausweisen, den hedonistischen Konsens aushebeln. Nein, auch nicht in Leipzig! Es begann in Bad Schüsselried, einem 900-Seelen-Dorf im Hunsrück. Und es ging zunächst um einen kleinen Tante-Emma-Laden, einen der letzten seiner Art, in dem viele vor allem ältere Menschen zu Fuß das Nötigste besorgten. Selbstständig durch den Ort wackelten, ihre Einkäufe von der Theke in den Korb, in ihre Küche hievten. Die in die Jahre gekommene Dame, die den Laden betrieb, sprach noch mit ihren Kunden, sie kannte die meisten.

Erinnern Sie sich noch an diese Art von Geschäft? Diese Menschlichkeit, die so weit ging, dass man auch mal seine Paprika und den Frischkäse mit nach Hause nehmen durfte, obwohl man sein Portemonnaie vergessen hatte? In Großstädten waren es die arabischen oder türkischen Kioskbesitzer, die einem auch mal die fehlenden acht Cent erließen, wenn es sein musste. Oder die Marktverkäufer. Bei Supermärkten ging das nicht und die deutschen Kleinladenbesitzer hatten unbarmherzige Kassensysteme. Man sah die Buchhaltungs- und Steuerbürokratiepflicht in den hilflos mitfühlenden Augen der Verkäufer, wenn das Geld nicht ganz reichte.

„Nächste Woche?" – „Klar! Wenn wir dieses Vertrauen nicht mehr haben, ist doch alles verloren …!", hatte Timos

Dealer vergangene Woche zu ihm gesagt, als er sein Geld bei der Abholung seiner monatlichen Grasration vergessen hatte, als er gar befürchtete, seinen Geldbeutel verloren zu haben. Hamid hatte schon im SO36 getanzt, als Timo noch nicht geboren war – mit langen Dreadlocks, die fast bis zur Hüfte reichten.

Hamid, Timos Dealer, war im Libanon geboren, ging stramm auf die 60 zu, nahm Kokain nur noch, wenn er abnehmen wollte, hatte seinem Sohn, Mitte 30, gerade eine Eigentumswohnung in Charlottenburg gekauft und plante im Libanon ein Altersheim für sich, seinen Clan und seine Kunden – er hatte für alles Menschliche Verständnis. „Wenn wir dieses Vertrauen nicht mehr haben, ist doch alles verloren …", hallte es in Timo nach.

Schluss mit dem Konsum, wie gesagt. Montags mindestens. Timo musste beim Gedanken an Hamid und den durch alle Schichten reichenden Drogenkonsum schmunzeln. Er dachte nun etwas liebevoller an den Non-Smoking-Smoking der Frau zurück, die nur kurz seine Aufmerksamkeit erregt und längst den Laden verlassen hatte. Er würde sie über die öffentlichen Käuferdaten, die mit den sozialen Netzwerken verlinkt und überall verknüpft waren, leicht wiederfinden, sollte sein Interesse zurückkehren. Sollte es das …

Der Laden, in Bad Schüsselried nur Lädchen genannt, rechnete sich nicht mehr. Die Enkel der 72-jährigen Betreiberin fürchteten um ihr Erbe und um die Gesundheit der Großmutter. Die resolute Dame konnte und wollte gegen ihre Enkel und deren Excel-Wissen nicht anrechnen und sie wollte auch nicht für schlechte Stimmung in der Familie verantwortlich sein. Das Lädchen würde also schließen.

Seit ihrer Grundschulzeit spielten August, Max und Anna den Kunden vor dem Laden Streiche. Man hängt an seinen Opfern. Die Bestürzung der drei war dementsprechend groß, als Tante Lada, wie sie die Besitzerin liebevoll nannten, ihnen im Vertrauen und den Tränen nahe von der Geschäftsaufgabe berichtete. Neben dem Verlust fürchtete sie die Reaktion ihrer Kunden. Sie wollte geräuschlos verschwinden. Sich auflösen. Dörfer sind nicht mehr, was sie nie waren.

Die drei waren bestürzt. Sie wussten nicht weiter. So animierten sie die Dorfbewohner, auf dem Dorfplatz zusammenzukommen mit Tante Lada – und dabei Weiß zu tragen. Das Lädchen sollte schon mal geschlossen bleiben, als kleines Zeichen. Das war im März, dem ersten Sommer der neuen Weißen Jahre. Die jungen und alten Menschen bastelten, strickten, reparierten Fahrräder. Ihre Idee, das Zeug über Onlineshops zu verkaufen und so für Tante Lada eine weitere Einkunftsquelle zu schaffen, verwarfen sie. Sie wollten echtes Zusammensein, draußen, nicht vorm Rechner oder in der Schlange einer Postfiliale.

Einer der drei, August, der später so etwas wie der Sprecher der Weißen wurde, sprach auch mit dem Pfarrer. So eine Gemeinde verleiht gerne ihre Tische und Stühle, wenn etwas weiß ist und Menschen zusammenbringt. Gut, dass Kirchen an Dorfplätzen gebaut wurden. Die Senioren von Bad Schüsselried und die Dorfjugend irgendwo im Hunsrück protestierten gemeinsam in weißer Kleidung auf dem Dorfplatz neben der Kirche für Tante Lada und ihren Laden. Die Jugendlichen schickten die Bilder hinaus in die Welt und erklärten nebenbei den neugierigen Senioren, wie das funktionierte.

An einem Montag *nicht* zu kaufen, war letztlich noch einfacher als Veganer zu werden, und man konnte genauso gut darüber sprechen. Die Idee verbreitete sich unter Teenagern und in Altersheimen. Langsam aber stetig.

Als die Weiße Bewegung die Städte erreichte, wurde dort eine Kundin, die zum Beispiel eine grüne Bluse trug und an einem Montag einen Laden betreten wollte, mit weißem Locherkonfetti beworfen, von erschreckend lebhaften jungen Menschen, die mit Musik, Eistee, selbstgebrautem Bier und Bollerwagen vor dem Geschäft herumstanden. Besonders vor den Filialen großer Kaufhausketten hatten sich die weißen Montagshedonisten zu Beginn positioniert, um Menschen für den kauffreien Wochenbeginn zu sensibilisieren. Als es dort vermehrt zu Konflikten mit unschuldig angestellten Fachverkäufern kam, zogen die weißen Jugendlichen defensiv weiter zu kleineren Geschäften. Die Betreiber dieser Läden waren ansprechbar und, statt die konfettiwerfenden jungen Menschen zu vertreiben, begann man zu plaudern. In Köln ging das am schnellsten. Oft waren die Betreiber der Geschäfte in einer ähnlichen Situation wie Tante Lada und überraschend solidarisch. Einzelhändler, sogenannte Flaschenhälse, mit einer großen Marge fürs bloße Weiterverkaufen sind verzichtbar im optimierten Marktgeschehen und weiterhin mit Kundenkontakt konfrontiert, diesem kostenintensiven, schwer skalierbaren Reibungsverlust. Diese Kleinstkapitalisten, die letzten in den Innenstädten verbliebenen Einzelhändler, diskutierten mit, kritisierten nun selbst den wilden Konsum, diesen anderen, der auf wenigen Webseiten online stattfand und der mit Paketen von Lieferdiensten abgewickelt wurde.

Nachdem die Geschäfte nach sechs Montagen bereits spürbar leerer wurden, schlossen sich bereits im Mai mehr und mehr Ladenbesitzer dem stillen Protest an. Manche Buchhandlung wurde zur offenen Bibliothek, in anderen las man sich jeden Montag vor. Im Ausland überraschte Deutschland: „Jetzt können die auch noch faul", titelte eine große spanische Tageszeitung über einem Foto besonders weißer Augsburger vor ihrem Dom, von dem eine Siesta-Stimmung ausging, die man Deutschland – jenseits des Fußballs – gar nicht zugetraut hatte. Im begleitenden Artikel versuchte ein spanischer Journalist, diese neue deutsche Faulheit mit dem Klimawandel und der Hitzewelle zu erklären. Es waren lediglich 22 Grad an dem Tag, als das Foto in Augsburg entstanden war, und der erste Montag war ein Frühlingstag gewesen. Doch Südeuropäer begründen sich Siesta gern mit hohen Temperaturen, eine andere Erklärung brauchen sie schlicht nicht. Und Journalismus war eben auch nicht mehr das, was er nie war. Entspannung schien jedenfalls auch ohne die sie erzwingende Hitze möglich.

In Bangladesch hatte ein junger Manager auf eigene Kosten weißen Stoff bestellt und statt der roten, gelben und grünen Shirts, die seine Fabrik sonst für Kleidungsbilligdiscounter fertigte, weiße Shirts nähen lassen. Wegen seines Interesses an der Gründung von Arbeitervereinigungen wurde Fardin von seinen Vorgesetzten bereits seit einiger Zeit kritisch beobachtet. Stoffeinkauf war früher mal eine seiner Aufgaben gewesen, so wusste er es anzustellen. Er orderte große Mengen und weihte nur wenige Arbeiter in seine Tat ein. Statt der bestellten wurden die weißen Shirts gefertigt, und was als Akt des Widerstands gedacht war, wurde durch die plötzlich gestiegene Nachfrage zu einem Überraschungserfolg für seine Firma. Von BTV bis zu Bijoy tv berichteten die nationalen Medien über Fardins rebellischen Erfolg. Mit dem Umweg über YouTube schaffte seine Geschichte auch den Sprung in die deutschen Medien und spukte Timo nun im Kopf herum, während er durch bunte Kleiderreihen stromerte und versuchte, zu verstehen, was geschehen war.

Weiße Hemden, Hosen, lange und kurze weiße Kleider. Das Straßenbild an Montagen hätte eine Waschmittelreklame sein können. Es strahlte weiß, weißer, am weißesten durch die Instagram-Accounts Europas.

Das sinnentleerte Kaufen wurde mit dem Weißen Tag nicht intellektuell, sondern emotional in Frage gestellt. Und die Oberflächenspannung hielt nicht stand. Das Fass – von dem alle seit Ewigkeiten behauptet hatten, es sei voll – lief über. Plötzlich gab es ein Mittel, ein einfaches und gemeinsames. Alle Trends des Selberbastelns, des Selbstanbauens, des Tauschens griffen ineinander. Jeden Montag. Immer mehr Geschäfte, gerade die netten, die kleineren, entschieden sich mitzumachen, blieben geschlossen und nutzten den Tag protestierend kreativ. Die Metro AG fand das gar nicht lustig. Die Demontageversuche waren beispiellos. Die Massenmedien verloren, was sie zuvor nicht bereits verloren hatten. Überraschenderweise tat das der Bewegung keinen Abbruch. Das Volk, jene bereitwillig manipulierbare Masse, die man nur aus Umfragen kannte, war noch ganz in Ordnung – allen Meinungsbarometern zum Trotz. Es bedurfte keiner Gegendarstellung zu den um Einordnung bemühten Artikeln, keiner Entkräftigung einer Berichterstattung, die nicht müde wurde, Unterstützer der Bewegung als schwer einzuschätzende linksradikale Kräfte, als Antisemiten oder als neue Rechte zu identifizieren, die allmählich abgedroschenen Attribute griffen eh zu kurz. Niemand wehrte sich gegen die Diffamierung durch Politik und Medien, die sich nach den ersten schönen Bildern in Analysen eifrig daranmachten, den Weißen Tag als systemgefährdend zu verstehen – mit unkalkulierbaren Folgen für die Volkswirtschaft, die Demokratie. Die Binnennachfrage, das Wachstum. Naiv und gefährlich sei diese Protestform. Dabei wurde viel Weiß getragen und wenig gekauft an Montagen. Mehr nicht. Ein Zusammentag, nicht gottgegeben.

Kleine Alternativökonomien nahmen an Fahrt auf. Es wurde getauscht und an lokalen Schrumpfwährungen gebastelt, es wurde viel selbstgemacht und verschenkt. Es war einfach Montag. Jeder folgte sonst weiter seiner Routine. Notfalls klopfte man beim Nachbarn oder kochte mit Einfallsreichtum, was noch so da war. Die Binnennachfrage sank. „Dramatische Folgen!" Nichts passierte. Die Staatseinnahmen sanken, die Mehrwertsteuer wurde erhöht. Es wurde viel geschimpft. Einige zu stark wachsende Alternativwährungen wurden verboten, einige Überengagierte landeten im Gefängnis. Man konnte wieder Staatsfeind werden.

Sönke, Timos Ex-Freund, der immer alles wusste und den Timo dennoch sehr geliebt hatte, er hatte damals bitterlich über diese Politiker geschimpft. Über diese verlogenen Menschen, die nichts taten. Gar nichts. Sie hätten doch längst eine Mehrwertsteuer einführen können, die Luxusartikel wirklich besteuerte. Wer sich eine Rolex kaufte, den konnte man doch mit 40 Prozent Mehrwertsteuer ruhig zur Kasse bitten, in einer Gesellschaft, in der das soziale Gleichgewicht so in Gefahr war. Eine leerstehende Drittwohnung war kein Eigentum, das verpflichtete. Man hätte es gekonnt! Schulklassen verkleinern, Lehrer stärken statt fesseln. Selbstständigen und Kleinunternehmern das Leben vereinfachen statt es ihnen zu erschweren. Man hätte es gekonnt. Dann wäre es Sönkes Ansicht nach nicht so weit gekommen – sie hatten es verdient, die Politiker, die sich hinter Sachzwängen versteckten, bis es dann Populisten gab, die man, wieder nur feurig redend, bekämpfen konnte. Timo hatte sich im Stillen gefragt, ob Sönke schon einmal Juweliergeschäfte in St. Petersburg, Singapur, Dubai oder in London besucht hatte? Dort gab es ja auch welche und die verkauften – wie man hörte – auch gerne edle Uhren. Ob er also wusste, was Standortfaktoren waren? Oder welche Entscheidungen in der Kommune, welche im Land, welche vom Bund, welche auf europäischer Ebene getroffen wurden? Timo schwieg damals. Doch wie weit war es überhaupt gekommen? Wie gesagt, es war nicht viel passiert. Es wurde nur weniger gekauft. Punkt. Das brachte einiges aus dem Konzept. Doch das gefährdete System hielt lässig stand.

Auf den ersten emotionalen Sommer folgte ein warmer Weißer Herbst und ein Kuschelwinter, ein zweiter enthusiastischer Sommer und mit dem zweiten Herbst begann die Bewegung zu bröckeln. Kurz bevor die Routine sich festigte, machten immer mehr Menschen nicht mehr mit. Es war wie eine kurze Liebe, die heiß beginnt, beide überrascht und einen Schritt zurückweichen lässt und die der eine sofort erleichtert vergisst, während der andere weiter leise an ihr hängt.

Und so stand Timo vier Jahre nach dem ersten Weißen Montag fassungslos und grübelnd in diesem neuartigen Geschäft, in dem man mit dem Kleidungsstück, das man kaufte, auch eine Verpflichtung einging. Es war wieder jemand unendlich findig gewesen: Ein Unternehmer, inspiriert vom Ansatz der Kids, hatte vereinnahmt, worum es gegangen war. Sollte Timo im Weißen Rausch tatsächlich Hoffnung gespürt haben, so dämmerte ihm nun, während er durch die Ladenreihen taumelte, dass er, der sogenannte Kapitalismus, unbesiegbar war. Man kaufte jetzt mehr, man kaufte jetzt kein hohles Bekenntnis, kein an seinen Außengrenzen endendes Produkt. Man kaufte Willensbekundung, Willensstärkung, seine eigene selbstgewählte Erweiterung, Verbesserung. Es war nicht länger eine Illusion, dass man war, was man besaß. Man wurde, was man wollte, durch das, was man kaufte.

Timo hielt einen schicken Baumwollhut in den Händen, der dem Käufer ein tägliches 15-minütiges Französischtraining auferlegte. Eine Lern-App, die gleichzeitig die täglichen Lerneinheiten erfasste und kontrollierte sowie eine soziale Bezugsgruppe mit einbezog, gab es gleich dazu.

Unbesiegbar anpassungsfähig, dachte er, während er mit dem Hut in der Hand zur Kasse ging.

Der N-Test

Gabrielle betritt mein Zimmer ohne abzuwarten, ob ihrem Klopfen ein „Herein" folgt. Ihre Körpersprache ist geradlinig wie immer, allerdings etwas beschleunigt, als sei sie beunruhigt.

„Wie fandest du denn diese Extravorlesung heute?", trällert sie. Ohne den Raum oder mich anzuschauen, ohne Umschweife oder Begrüßung. Dass sie ihre Empörung in eine Frage kleidet, macht es mir nicht leichter.

Gabrielles Erregung geht auf ein Sondermodul zurück, das wir heute überraschend erhalten haben, um uns auf eine neue staatliche Prüfung vorzubereiten. Staatliche Prüfungen in Betriebswirtschaft, das irritiert uns alle.

Ich ignoriere ihre Frage, stehe auf und gebe ihr eine Ohrfeige. Meine rechte Hand riecht sicherlich noch intim, und so stehe ich nun nackt, aber mit ausgeglichenem Ehrgefühl vor ihr. Es gilt, sich in einer solchen Situation umgehend zu verteidigen, sonst kommt ein Schuldbewusstsein auf, das man nicht mehr mit solchen Praktiken verbinden möchte. Meine unvermittelte Intervention ist nicht nur eine Reaktion auf ihr rücksichtsloses Eintreten, sondern auch notwendig, weil ich ahne, warum sie so aufgebracht ist, und das widert mich an. Ihre naive Scheinheiligkeit.

Die Prüfungsphase beginnt in knapp 14 Tagen und wird sich landesweit über vier Wochen hinziehen, meine offizielle Einladung für das persönliche Gespräch ist gestern angekommen.

Gabrielle saß heute Morgen eine Reihe hinter mir, als unser Marketing-Professor uns warnte: „Für Sie hängt vieles vom Urteil des Arztes und Ihren Ergebnissen beim Multiple-Choice-Test ab. Machen Sie sich klar, dass nicht so sehr zählt, was genau Sie sagen, sondern insbesondere, welche Beziehung Sie zum testenden Psychiater aufbauen."

Drei Meter neben unserem Professor, der bis vor kurzem noch in Berkeley gelehrt hat, stand ein älterer Herr, der gedankenverloren zur Tür blickte.

Professor Thurlemann fuhr fort: „Sie sind ebenso geschult im Umgang mit Menschen wie der während des Tests vor Ihnen sitzende Amtsarzt. Anders als Sie wurde er aber darauf geschult, Pathologien zu erkennen und nicht Chancen – und genau das ist Ihr Risiko! Alles an diesem Test ist fragwürdig, keine Frage." Er stockte. „Und dennoch: Wenn Ihr N-Wert zu hoch ausfällt, wird Ihnen das den Zugang zu Vorstandsetagen und Managerposten versperren. Deshalb handhaben wir es, wie üblich, pragmatisch! Also, worauf müssen *wir* uns vorbereiten?" Er vergaß die kurze Unterbrechung, die man gewöhnlich nach einer rhetorischen Frage unterbringt. „Der Amtsarzt wird Sie im Wesentlichen zu Ihrem Umfeld befragen. Sowohl zu Ihren Kollegen als auch zu Ihren persönlichen Beziehungen, Ihrer Familie, Ihren Freunden. Sie brauchen nicht zu fürchten, der Arzt könne in Ihre Seele blicken, sie gar durchschauen. Trauen Sie sich, selbstbewusst *Sie selbst* zu sein …"

Kai Thurlemann schien in sich hineinzuhören, räusperte sich, schaute hinüber zu dem Mann neben sich und dann in den Vorlesungssaal, zu uns.

„… um Ihnen dies in Anbetracht der weitreichenden Folgen für Ihre Karriere zu erleichtern, habe ich den erfahrenen Psychiater Dr. Richard Meindl eingeladen, der Teile des Tests mitentwickelt hat, er wird Ihnen mehr über die Auswertungskriterien verraten." Überrascht drehte ich mich zu Gabrielle um, die den Psychiater mit mürrischer Miene musterte. „Eine Vorbereitung auf die Prüfung ist, zwei Jahre nach seiner Einführung, noch unüblich und könnte in der aufgeheizten Stimmung auf Kritik stoßen. Wir wären sehr dankbar, wenn Sie Dr. Meindls Vortrag hier vertraulich behandeln, es war nicht leicht, ihn zu gewinnen. Seien Sie diskret, meine Herren!" Er machte eine Pause und blickte den alten Mann warmherzig an. „Herzlich Willkommen, Dr. Meindl, danke, dass Sie heute gekommen sind."

Der sicher schon seit Jahrzehnten ergraute Herr trat etwas näher an den großen Dozententisch und begann unvermittelt: „Narzisstischen Persönlichkeitsstörungen liegt eine Störung des Selbstwerts zugrunde: Narzissten sind unsicher. Es mag für Sie paradox klingen wie für die meisten Laien. Es erschließt es sich jedoch schnell: Durch übermäßig gesteigerte Selbstdarstellung, oft vielschichtig und verschleiert – manchmal auch ganz offensichtlich – wird letztlich ein niedriges und instabiles Selbstwertgefühl kaschiert und kompensiert …" Seine feste Stimme hatte etwas Beruhigendes, was mir sonst bei den Vorträgen in diesem Raum fehlte.

„Vorneweg, meine Damen und Herren, liebe Studenten, eine Anmerkung: Bitte zögern Sie nicht, mich zu unterbrechen, wenn Sie etwas nicht verstehen. Ich bin es gewohnt, vor psychiatrischen Fachkollegen zu sprechen, will mich aber bemühen, Ihnen einen vereinfachten Überblick über das Störungsbild und das Ansinnen des Tests zu geben."

Er holte leise Luft und fuhr gemächlich fort: „Psychische Störungen galten lange Zeit lediglich bei großem persönlichem Leidensdruck als behandlungsbedürftig oder wenn eine unmittelbare Selbst- oder Fremdgefährdung vorlag. Es ist augenscheinlich, dass narzisstische Störungen zwar mit einem gewissen Leidensdruck einhergehen – doch diesen als solchen wahrzunehmen, bedarf einiger Krankheitseinsicht, die bei Menschen mit diesem Störungsbild selten gegeben ist. Das eigentliche Leiden wird auf das Umfeld übertragen, abgewälzt, sodass wir oftmals eher jemanden aus dem Umfeld des Narzissten therapieren. Ohne uns dem eigentlichen Kern des Problems zu nähern."

Kern eines Problems, Wurzel des Übels …? Ich fuhr mit meinem Bleistift über das unlinierte Papier vor mir und versuchte, einen Pfirsichkern zu zeichnen, während ich lauschte. „Man kann diese Abwälzung auf andere fälschlicherweise als Führungskompetenz betrachten, da jemand, der es versteht, mit unsichtbaren Tricks eine Richtung vorzugeben, Ziele schnell erreicht – doch genau dieser ökonomischen Umdeutung möchte der Gesetzgeber einen Riegel vorschieben."

Es war still im Hörsaal. „Je nach psychischer Verfasstheit leiden Menschen unterschiedlich stark unter narzisstischen Personen. Psychisch gesunde und widerstandsfähige Menschen", der etwa 70-jährige Mann sprach nun zögernd, „leiden seelisch nicht unter Narzissten, halten es aber auch selten für notwendig, dem Gebaren des Betroffenen etwas entgegenzusetzen. Stattdessen fügen sie sich entweder unproblematisch in die Inszenierung des Gestörten ein oder sie halten einen sicheren Abstand zu der Person ein."

Nachdem Dr. Meidl den Vortrag flüssig begonnen hatte, mit warmer, klarer Stimme, pausierte er nun zum zweiten Mal ein wenig länger und betrachtete nachdenklich die Reihen der Studierenden, die von ihren Sitzen auf ihn hinunterblickten. Es schien fast so, als habe er uns erst jetzt bewusst wahrgenommen.

„Sensible und instabile Menschen leiden hingegen oft stark unter der Interaktion mit einem Narzissten. Sie sind nicht in der Lage, sich ausreichend abzugrenzen und werden in deren Sog gezogen. Nicht selten findet ein narzisstischer Topf seinen mit ebenso schwachem Selbstbewusstsein ausgestatteten Deckel – ob in Gestalt eines Mitarbeiters, Kollegen oder Assistenten. Während so ein Deckel tendenziell zu anschmiegsam, ja, empathisch ist, während er großes Mitgefühl und viel Verständnis für den bedürftigen narzisstischen Topf aufbringt, lässt der Topf jegliche Empathie vermissen. Nicht selten sind diese Beziehungsgeflechte – denn ein ordentlicher narzisstischer Topf braucht schon einige treue Deckel – sogar effizient, also funktional innerhalb eines Unternehmens."

Dr. Meindl ging schweigend von der Mitte des Vortragsplateaus nach vorne zu den herunterklappbaren Holzpulten, sodass er mit den unter uns sitzenden Studierenden auf Augenhöhe war.

„Wer von Ihnen hat schon mal in einem Unternehmen gearbeitet?", der Psychiater stützte sich jetzt auf ein freies Pult am Aufgang. Rasch gingen alle Arme nach oben.

„Tatsache?"

Wir waren im fünften Semester und unser Pflichtpraktikum hatte mindestens die Hälfte des vierten Semesters gedauert.

„Und wer von Ihnen würde gerne weiter bei diesem Unternehmen arbeiten?" Bis auf etwa zwölf Studenten, darunter Gabrielle, nahmen alle ihre Arme wieder herunter. Das ging jetzt nicht mehr ohne Getöse und Getuschel vonstatten. Ich warf Gabrielle einen gespielt hochnäsigen Blick zu und wackelte haute-couturesque mit mit meinem grazil gestreckten Hals. Sie zog die Schultern zurück, streckte den Rücken durch, hob das Kinn leicht an und lächelte mir stolz zu. Wir lachten. Sie war ein Modepüppchen, da war nichts zu machen. Es blieb zu hoffen, dass sie es auf einen Entscheiderposten mit Reichweite bringen würde, am besten bei einem dieser Stammkonzerne hinter den Edelmarken, und dass sie auf keinen Fall auf Eventmanager-Ebene hängenbliebe, um lediglich mit einem standesgemäßen Mann den eigenen Nachwuchs ästhetisch wettbewerbsfähig zu machen.

„Gibt es bis hierhin Fragen?" In der aufgelockerten Stimmung meldete sich tatsächlich jemand. Oh! Das war Jannik. Er kam aus ähnlich armen Verhältnissen wie ich, doch hatte er die Überlegenheit gewählt, statt sich bei gründlichen Bewältigungsversuchen selbst zu zerstören.

„Herr Dr. Meidl, ich frage mich", begann Janick spitz, „also, wenn, wie Sie sagen, nur die psychisch Schwächsten unter den Narzissten leiden, wäre es dann nicht besser, weiterhin genau diese Schwachen zu behandeln, statt die Stärkeren auszusieben?" Gemurmel, einige klopften auf ihre Tische.

„Junger Mann, vielen Dank für diese Frage. Ich bin nicht hier, um diesen Test vor Ihnen zu verteidigen, dennoch ein paar Worte, die Ihnen hoffentlich helfen, die Testung zu akzeptieren. In der Tat liegt die Verantwortung für seelische Gesundheit bei jedem Einzelnen persönlich. Die Zunahme von Depressionen und Anpassungsstörungen wie etwa dem Burnout-Syndrom, Angstzuständen oder Schlafstörungen, können wir aber nicht losgelöst von ihren Entstehungsbedingungen betrachten. Auch als starke Individuen sind wir zuvorderst soziale Wesen."

„Hört, hört!", hallte es von irgendwo aus dem Hörsaal.

Jannik war auf kämpferische Weise liberal, sein eigener Aufstieg war ihm der einzig richtige Weg, den er allen anderen auch abverlangte. Das wiederum ließ ihn in den Kreisen, in die er hoffte aufzusteigen, bequem und ungefährlich, da gläubig wirken. Der Junge war gähnend langweilig – seine Kleidung so durchschaubar bemüht, dass er sich lebenslänglich nicht würde erklären können, warum Frauen wie Gabrielle ihn nicht achteten, trotz der teuren Uhren, Schuhen, Porsches (mehrere) und Hemden. Es würde einfach nie stimmen! Gabrielle roch diese Unstimmigkeit von Weitem, dieses Gespür wurde über Generationen entwickelt. Da konnte Jannik agitieren und an sich glauben wie er wollte – der Stachel blieb und würde selbst unter der Haut des Erfolgs noch weiter stinkend eitern.

Dr. Meindl ging, den Zwischenruf überhörend, gemächlich zum Fenster und schaute eine Weile hinaus, bevor er sich wieder zu uns umdrehte.

„Die Ihnen in zwei Wochen bevorstehende Testung verfolgt das Ziel, Menschen mit schwerwiegenden Persönlichkeitsstörungen daran zu hindern, durch ihre krankhafte Assozialität größeren Schaden am Gemeinwesen anzurichten." Er wirkte dabei so überzeugend, als spräche er von aussterbenden Apfelsorten.

„Ähnlich wie Unterprivilegierte, deren Karrieren unbehandelt zwar eher auf der Straße oder im Gefängnis enden, so sind auch Überprivilegierte oft ziemlich arm dran und befinden sich ebenso eingespurt und, ohne je Hilfe oder gar Verständnis zu bekommen, auf einem fein vorgerillten Weg.

Sie können diesen Test insofern gelassen auf sich zukommen lassen!"

„Puh – na dann…", murmelte ich und atmete hörbar aus. Hinter mir kicherte Gabrielle in sich hinein.

„Narzisstische Anteile sind bei jedem Menschen vorhanden, auch sie machen unseren Charakter aus. Wenn sich das Anerkennungsbedürfnis jedoch soweit ins Feld der Störung verschiebt, wie es ein N-Wert über 6 angedeutet, dann können Sie davon ausgehen, dass jemand freudlos an seinen tatsächlichen Lebenszielen vorbeilebt."

Ich versuchte Janniks Gesicht zu sehen, er saß jedoch viel zu weit weg und tippte wie wild auf seinem Tablet herum.

„Und ab einem N-Wert von 7 ist das Bild der Realität deutlich verschoben."

„Wie ist die eigentlich geeicht, diese N-Skala?", fragte jemand schnippisch in den Raum hinein.

„Trump ist immer 10!", kam als Antwort prompt von irgendwo im Saal zur allgemeinen Belustigung.

Dr. Meindl schien davon nichts mitbekommen zu haben. Da war er, der Schlüssel zur Weisheit, war ich mir plötzlich sicher: Man musste einfach überhören können.

Unbeirrt fuhr der Irrenarzt fort: „Die Behandlung von narzisstischen Störungen ist nach wie vor nicht einfach, doch es gibt ermutigende Fortschritte – auch dank der gesteigerten Aufmerksamkeit, die diese Störungsgruppe durch die Einführung des Tests im Laufe der Debatte erhalten hat. Hochqualifizierte Therapeuten wurden ausgebildet, um zu helfen – wir könnten dazu auch *weiterentwickeln* sagen, wenn Ihnen das besser passt, und *Coach* statt *Therapeut*."

Dr. Meindl blickte etwas verlegen auf den Fußboden, als sei ihm die provozierende Anbiederung im Eifer herausgerutscht und bereits unangenehm.

„Was ich sagen will: Sollte bei Ihrem Test ein hoher N-Wert herauskommen, müssen Sie weder Diffamierungen noch Spott oder gar sozialen Ausschluss fürchten, sondern Sie werden Hilfe und Verständnis bekommen. Seien Sie froh über diese Testung – Sie werden letztlich mit einer höheren Lebensqualität belohnt." Er stand jetzt ruhig am Dozententisch und schaute uns eindringlich an. „Oh, Sie wären erstaunt darüber, wie viele ältere Herren ich behandelt habe, die ihr an falschen Werten orientiertes Leben betrauern ... vielleicht wird der ein oder andere von Ihnen jetzt vor solch einem Schicksal bewahrt."

Bei diesen Worten erkannte ich in dem vertrauten Gesicht meines Professors, dass er vom Verlauf des Vortrags überrascht war. Ich meinte, in seinem Gesicht gar die gleiche Unruhe auszumachen, die er sonst ausstrahlte, kurz bevor er ungehalten ein ihm missfallendes Referat unterbrach. Nichts dergleichen geschah, er blickte lediglich hilfesuchend in unsere Reihen und versuchte, sich durch verbündenden Augenkontakt vom Vortragenden zu distanzieren.

Als hätte Dr. Meindl diesen Affront gespürt, entfernte er sich einige Schritte von Pult und Marketingprofessor, unterbrach seinen Vortrag, stammelte einen leisen Dank für die Aufmerksamkeit und verabschiedete sich. Gerade als unser Dozent übernehmen wollte, setzte Dr. Meidl aber nochmals an und ergänzte: „Auch, wenn dieser Test Sie jetzt unter Druck setzt, Sie seine Legitimität in Frage stellen und sich naturgemäß von mir konkrete Hinweise erhoffen ... ich kann Ihnen nur empfehlen, Ihre Antworten ohne Kalkül zu geben, seien Sie ruhig ehrlich, seien Sie ehrhaft."

Der Professor bedankte sich gekünstelt bei dem Arzt, der seinen Kopf zu einer komischen, kleinen Verbeugung neigte und langsam die Treppen zum Ausgang nahm, während wir artig auf unsere Pulte klopften. Der Professor schwieg, bis die Tür endgültig hinter Dr. Meindl zugefallen war.

Kai Thurlemann fühlte sich spürbar dazu genötigt, uns jetzt doch noch ein paar brauchbare Gedanken mitzugeben. Er sah mir direkt in die Augen – mir wurde, wie immer, wenn sein Blick in mich vordrang und meine Organe in Unordnung brachte, sofort warm. Seine Besorgnis über den bevorstehenden Test schien die unsrige bei Weitem zu übersteigen.

„Gut, meine Damen und Herren, das war ja was … !?", setzte er ein, nachdem wir es endlich geschafft hatten, unsere Blicke voneinander zu trennen. „Denken Sie sich bitte dennoch vor Ihrem Prüfungsgespräch in sämtliche Personen Ihres Umfeldes ein: Was treibt diese an? Welche Sorgen haben Ihre Freunde gerade? Nehmen Sie zehn Minuten Abstand von sich und Ihren persönlichen Zielen, meditieren Sie vor den Bildern Ihrer Familie, Ihrer engsten Freunde. Und denken Sie auch bewusst an die letzten Vorwürfe, die Ihnen diese Menschen gemacht haben. Wie sind die Konflikte verlaufen? Wie Sie mit Kritik umgehen, ist ein neuralgischer Punkt. Es geht darum, welche Gefühle Sie Ihren Vertrauten gegenüber tatsächlich haben, wie ernst Sie etwa deren Bedürfnisse nehmen. Je deutlicher der Arzt spürt, dass Sie in der Lage sind, dass es für Sie gar normal ist, sich in andere hineinzuversetzen, desto sicherer können Sie sein, dass Ihnen ein niedriger N-Wert attestiert wird. Sie wissen, was davon abhängt."

Für mich folgte danach noch eine Vorlesung in Buchführung II, die ich bereits zum dritten Mal besuchte, da ich mich zweimal nicht imstande gefühlt hatte, zu den Prüfungen auch nur zu erscheinen. Gabrielle ging derweil zu einem seit langem geplanten Essen mit ihrem Großvater Nico von Hertzberg. Gabrielles Opa war ein renommierter Psychoanalytiker, der es gern gesehen hätte, dass seine Enkelin ebenfalls Medizin studiert. Weshalb er sich nur selten aus der Schweiz in unsere versnobte Wirtschaftskaderschmiede begab, obwohl er Gabrielle sehr nahestand. Doch seit der Termin für unseren N-Test festgelegt worden war, hatte sie ihn bereits zwei Mal hergelockt, um sich von ihm professionell beraten zu lassen.

Gabrielle setzt sich mit leicht geröteter Wange schweigend auf den Sessel in meinem Zimmer und blickt stumm zur gegenüberliegenden Wand, während ich zu meinem Kleiderschrank schreite und mich langsam und grenzwertig lasziv anziehe. Ich weiß, Gabrielle ist neidisch auf meinen mageren Körper und hadert mit ihrer eher mittelmäßigen Essstörung. Ich quäle sie noch etwas, indem ich mich, nackt vor dem Schrank stehend, länger nicht für ein Oberteil entscheiden kann. Sie hat es verdient und es tut mir gut. Doch sie starrt nur gedankenverloren auf die Wand und scheint mich gar nicht zu sehen. Ich entschließe mich gleich noch für eine andere Jeans, ziehe mir Socken an und setze mich ihr gegenüber in den zweiten Sessel. Ich blicke in ihr kleines Gesicht und spüre, dass sie mich immer noch wütend macht. Langsam stellen sich ihre Augen scharf. Es war in unserer zweijährigen Bekanntschaft noch nicht vorgekommen, dass wir so lange im selben Raum geschwiegen hatten. Erleichtert über die neue Tiefe versuche ich, die Ernsthaftigkeit, die meine Gewalttätigkeit erzwungen hat, aufrechtzuerhalten. Ich hoffe, sie ahnt, warum ich sie geschlagen habe. Auf allen Ebenen.

Man betritt doch kein Zimmer ohne anzuklopfen. Immer wenn ich mit Gabrielle zusammen war, gab es einfach keinen Platz für eigene Bedürfnisse. Sie waren wie weg, meine Bedürfnisse, und ich war gebannt von dem Selbstverständnis, mit dem sie ihre auslebte, wie sie alle verzauberte und deren Bedürfnisse weghexte. Doch ich war es so leid, die Ignoranz hinter ihrer Magie stillschweigend aufzufangen.

„Himmel Maria!!", schreie ich und merke erst, wie wütend ich noch immer bin, als meine Stimme kalt auf uns zurückprallt.

Seit einiger Zeit habe ich die Kontrolle aufgegeben. Fundamentalistische Unmittelbarkeit hatte ich den Seins-Selbstversuch getauft. So verfiel ich manchmal ins Unachtsame, geradezu neugierig auf mich selbst und was ich gleich wohl tun würde. Im Nachgang musste ich mich allerdings doch oft intensiv mit psychohygienischer Schadenbegrenzung aufhalten. Mit einem Gewaltakt hatte ich mich selbst bisher noch nicht überrascht. Aber, wie gesagt, um Neurosen vorzubeugen und Raum für Wahrhaftigkeit zu lassen, war ich dazu übergegangen, mich von den Vorüberlegungen weg auf die Nachüberlegungen zu fokussieren. Übrigens mit eher mittelmäßigem Erfolg, zumindest, was die Abwehr der Neurosen betraf.

Und nun habe ich plötzlich Angst, Gabrielle könnte aufstehen und für immer gehen. Meine Unsicherheit, mein Verlangen, geliebt und gemocht zu werden, stehen weiterhin meiner moralischen Radikalität im Wege.

Sie bleibt, aber in ihren Augen sehe ich, dass sie nicht den geringsten Anhaltspunkt hat, was genau diesen Ausbruch ausgelöst hat. Sie genießt ihre Unwissenheit, ihre unschuldige Blase.

„Gabrielle", sage ich, leider noch ziemlich genervt. „Es kann einfach nicht sein, dass du hierher kommst, um dich zu beklagen, dass nun ja alle anderen vorbereitet seien, während du gehofft hast, dass deine geheimen Opa-Nico-Vorbereitungen dir einen uneingeschränkten Vorteil beim Test verschaffen. Bei mir? Ich möchte mir das nicht anhören. Als stünden Privilegien einem zu … Geh zu einer deiner Gucci-Freundinnen, wenn du dich darüber beklagen willst. Ich bin da nicht die Richtige!" Meine Stimme wird wieder weicher, sie klingt ganz klar.

Jetzt steht sie auf und geht. Sie sieht sich nicht um. Fasst die Klinke aber von außen nochmal an, drückt sie herunter, um die Tür behutsam und leise zu schließen.

Ich ziehe mich wieder aus, lege mich ins Bett und lasse die Tränen in meine Augen steigen. Sie treten heraus, ohne dass mein Körper sich zusammenzieht, ohne ein Schluchzen. Eine bittere, einsame Traurigkeit.

Bitte reißen Sie diese Geschichte heraus und schicken Sie sie ihrem Lieblings-Narzissten. Sharing is caring.

Lösung

Abkoppelung der Finanzindustrie von der Realwirtschaft. In fast allen Branchen gehören Gesetzesbrüche zum guten Ton. Es wurde ein globales Interventionsprogramm beschlossen, das nicht auf intentionales Fehlverhalten einzelner sondern auf die Dysfunktionalität ganzer Strukturen zielt. Börsennotierte Unternehmen, Staaten und internationale Organisationen müssen nun die psychische Gesundheit ihrer Führungskräfte nachweisen. Weitere Maßnahmen wie regelmäßige Drogentests des Leitungspersonals zählen zum Interventionsprogramm.

Mark und Bill

Bitte lesen Sie Teil 1 auf Japanisch, mit rohem Fisch zwischen den Zähnen, und Teil 2 mit süß-weichem Milchshake im Mund und Superman-Käppi auf dem Kopf.

Das Jahr 2006
San Francisco, South of Market, Restaurant Umut

In einem durch japanische Reiswände separierten Raum in einem Restaurant am Meer, in der Nähe der Brücke fällt der Entschluss, im Stillen. Der Ältere, der das alles schon erlebt hat, hat den Jüngeren, der das alles noch vor sich zu haben scheint, um die Zusammenkunft gebeten. Überrascht und nicht ungeschmeichelt hat der Jüngere einem Treffen, gleich in dieser Woche, zugestimmt. Ob er Parker mitbringen könne … und Peter, fragte Mark noch, denn ihm war die Besonderheit dieser Begegnung ausgerechnet zum jetzigen Zeitpunkt wohl bewusst. Die Antwort kam prompt: „Under no circumstances." Das war unmissverständlich und bestätigte seine Vorahnung. Was wollte Bill?

Mark ist besorgt, er weiß, wie wichtig seine beiden Berater sind, die er nun nicht mitbringen darf. Wenn es geht, überlässt er Finanzielles Menschen, denen er vertraut. Macht abgeben will er an sich nicht, er will sich nur auf das für ihn Wesentliche konzentrieren können. Die Verteilung von irgendwelchen unwirklichen Unternehmensanteilen gehört nicht dazu, die sind für Mark eher virtuell und entziehen sich stärker seiner Vorstellungskraft als jeder Code, dessen Realität sich, sobald er in ihn eintaucht, entschlüsselt.

Mit diesem Treffen bahnt sich etwas an und er hat kurz darauf gehofft, diejenigen, die ihn bis hierhin treu geleitet haben, an seiner Seite zu haben.

Intuitiv vermied Mark es frühzeitig, in Ambivalenzen verstrickt zu werden. Wenn er einmal einen Weg eingeschlagen hatte, verstand er es, diesen fortzusetzen. Weggabelungen passierte er mit traumwandlerisch blinder Sicherheit. Ein vielleicht auch ihm selbst verborgenes Erfolgsgeheimnis.

Mark hat ein Unwohlsein überwinden müssen, als er diesem Treffen zustimmte, und als er am Dienstagabend, den 21. März des Jahres 2006 endlich aufbricht, muss er den Widerstand erneut durchbrechen. Merkwürdig. Immerhin trifft er Bill Gates.

Als Mark Zuckerberg ankommt, sitzt Bill schon da, ruhig, vielleicht ein bisschen weise? Mit beiden Händen führt der ältere Herr den Keramikbecher mit heißem, grünem Tee zum Mund. Nein, Bill Gates sitzt nicht im Schneidersitz an dem niedrigen Tisch, sondern er streckt seine

Beine unter dem Tisch aus. Sie haben eine Vertiefung in das Podest eingelassen, sodass man es auch ohne jahrelanges buddhistisches Training bequem aushalten kann. An dem rechteckigen Tisch würden fünfzehn Leute gut Platz finden. Sie sind zu zweit. Die Stimmen der anderen Restaurantgäste dringen gedämpft durch die Stellwände, und die Lage des Separees am Durchgang zwischen der Bar und dem hinteren Bereich sorgt für etwas Ruhe.

Ob er, Mark, wirklich ein Pionier ist oder ob er nur die Wiederholung lebt? Die Geschichte festigt? Ihm ist nicht wohl. Er gibt sich einen Ruck und setzt sich ohne eine große Geste der Begrüßung dem in die Jahre gekommenen und seit knapp zwei Jahren mehr oder weniger frühverrenteten Giganten gegenüber. Der Tisch ist wirklich sehr niedrig und er muss seine Beine zur Seite drehen, um sie darunter zu kriegen. Es gelingt ihm auf Anhieb, recht geschmeidig. Seine schwarze Regenjacke zieht er jetzt im Sitzen aus, knüllt sie zusammen und legt sie hinter sich an die französischasiatische Raumteilerwand. Sein Ankommen wurde von wachen und warmen Augen begleitet. Der Mund darunter formt ein natürliches Lächeln, als sich der junge Himmelsstürmer jetzt zurück zum Tisch dreht und sich ihre Blicke endlich treffen. Mit tiefer, dunkler Stimme beginnt Gates das Gespräch, als sei es eine Fortsetzung: „Mark, egal, wie erfolgreich du bist, sein wirst, das Leben bleibt ein in die Länge gezogener Desillusionierungsprozess."

„Ja?", sagt oder fragt Mark, bereits sichtlich gelangweilt, und guckt Bill forschend in die Augen.

„Es wird dich aus der Fassung bringen, aber ich möchte dich um etwas bitten."

„Alles klar, let's order some food first, right?"

Die beiden durchstrolchen die längliche, schmale Karte. Mark bestellt Wasser, Sake und eine große Udonsuppe, Bill eine Sushiplatte ohne Surimi und eine dieser Tofutaschen dazu. Mark bekundet, die seien hier berühmt, aber absolut nicht „his cup of tea", auf die leicht säuerliche Note könne er gut verzichten. Restaurants in San Francisco sind außergewöhnlich gut und erschreckend teuer, doch dieser Wahrnehmungsebene haben sich beide längst entzogen. Ach, Geld. Eine Schwelle, die, wenn sie lang keine Reibung erzeugt, unsichtbar wird.

„Ich stehe wieder am Anfang, Mark! Sehr viele Menschen erklären sich die Welt und die Regeln, die in ihr herrschen, völlig anders als ich, als ich es mein Leben lang getan habe. Wie du weißt, widme ich mich mit meiner Stiftung seit einiger Zeit konkret dem Wohl der Welt, dabei konzentriere ich mich auf Gesundheit und Bildung."

Mark nickt bestätigend: „Sobald es mir möglich ist, werde ich mir eure Aktivitäten im Detail anschauen."

„Mark, das ist es nicht! Ich stoße dabei auf Widerstände, die mein Weltbild erschüttern. Man nimmt, was ich tue, als Bedrohung war. Man traut mir nicht."

„Dir? Wieso das denn?"

„Höher, schneller, weiter ist nicht alles, und wer das so spät erkennt oder so spät zur Grundlage seines Handelns macht wie ich, dem hört man auf, zu glauben. Wer sich nur daran orientiert hat, wo es für ihn selbst leichter und höher hinausging – dem zu vertrauen ist schwierig. Man stellt meine auf Effizienz und Ergebnisse getrimmte Denk- und Arbeitsweise in Frage. Man sieht schon in dieser Art zu handeln die Gefahr." Bill wirkt verzweifelt.

Mark fühlt sich bemüßigt, zu beschwichtigen: „So eine Kritik kommt doch nur von Leuten, die selbst nichts auf die Kette kriegen."

„Leider nein! Unsere Vorstellung ist, dass wir, indem wir etwas aufbauen, etwas Neuem auf die Beine helfen, was Vernünftiges tun. Wir schaffen Jobs."

„Also, wir schaffen Arbeitsplätze, zahlen Gehälter. Das ist etwas Gutes. Wenn wir es packen, verdienen wir Geld. Das lässt sich dann umwandeln in Einfluss, auch politischen."

„Und ist Geld nicht der Türöffner?", gibt Mark provozierend das Stichwort zu dem Faden, der ihn interessiert. Der im schummrigen Licht schwermütig gewordene Bill Gates nimmt den Einwurf dankbar auf: „Da sind Dynamiken, die man erst mit mehr Abstand zu überblicken beginnt. Risikokapital, Wachstum, Wachstum, mehr Kapital, mehr Wachstum, mehr Kapitalbedarf, Wachstum, Wachstum in eine andere Richtung, als man selbst will.

Wir abgesicherten Ivy Kids sind es gewohnt, uns zu arrangieren, zu erkennen, wo es weitergeht, gerade noch weitergeht und wo nicht – danach richten wir uns geschickt aus."

Bill Gates meint es merklich ernst. Sein junger Gesprächspartner versteht nicht wirklich, worauf das hier hinausläuft: „Und nun? Vorne ist gar keine Richtung!?" Mark spricht ironisch ein kleines Bisschen von oben herab, unterdrückt den Impuls, einfach loszuprusten. Bill Gates bemerkt das, schmunzelt es aber mit einem verständigen Lächeln herunter: „Dann? Du nutzt die Dynamik in deinem Sinne, der dann schon nicht mehr ganz deiner ist." Der Ältere nimmt den warmen Keramikbecher in beide Hände und fährt ruhig fort: „Es ist ein schmerzhaftes Überblicken. All die Barrieren, die wir sprengen, wenn wir etwas schaffen, was vorher nicht mal denkbar war, weil wir es einfach machen – die ganze Zeit erfüllen wir lediglich eine Aufgabe in einem gegebenen Rahmen. Wir sind die vorbildlichsten, die eifrigsten Ratten im Laufrad, während wir meinen – das treibt uns an – anders zu sein, disruptiv zu sein!"

Schweigen. Der Ältere überlegt, wie viel Vorrede es braucht, bis er seinen Vorschlag machen kann. Er zweifelt. Was für ein Kerl sitzt da vor ihm, der ihm aus reiner Höflichkeit zuhört? Hat er überhaupt zugehört? Seine eigenen Hoffnungen sind überhöht, keine Lebenserfahrung bewahrt ihn davor. Gates spielt mit dem Gedanken, sich würdevoll zu verabschieden und zu gehen. Doch, nein, er würde es sich nicht verzeihen, diesen Moment, der das Tor zu einer anderen Welt öffnen könnte, beleidigt verstreichen zu lassen. Seine Unsicherheit überrascht und bestärkt ihn, so war es schon immer. Er lehnt sich aus dem Fenster, bis er springt. Bewusst. Immer weiter. Noch ist er lebendig.

„Wir machen alles anders, Produkte, Unternehmen, kommen aus dem Nichts und, zack, dreht sich die Welt nach uns um, aber wir bewegen uns innerhalb unumstößlicher, mehr oder weniger unsichtbarer Grenzen, die stärker sind als all unsere ambitionierte Energie. Die wird umgeleitet, absorbiert, da endet unser Einfluss. Die Welt wird kein besserer Ort durch Technologie oder eine andere Unternehmenskultur. Punkt." Mark hat aufmerksam zugehört, rückt nun etwas unruhig herum. „Nee, Bill, nein, das stimmt so einfach nicht! Was ich, was wir mit Facebook machen, ermöglicht es allen Menschen auf der ganzen Welt, miteinander zu kommunizieren. Meine Vision, mein Antrieb ist es, die Welt offener und dadurch besser zu machen – ich glaube fest daran."

Bill lacht herzlich: „Ja, don't be evil." Er lacht laut. Ein Lachen so bitter wie hoffnungsvoll – seinem Alter angemessen.

Das Jahr 2006
San Francisco, Mission, Dolores Street

Er zieht die Kappe tiefer ins Gesicht. Plötzlich hat er weißrosa Erdbeermilch auf dem Hemd. Mark Zuckerberg blickt den Volltrottel an, der da gerade sein Shake über ihn ausgeleert hat und sieht neckische Freude in einem wohlbekannten Gesicht. „Dude, can't you be more careful?", hat er gerufen. Und sieht erst dann, wer ihn da vollgematscht hat.

Bill Gates: Oh, sorry. Can't believe it … I messed with the hottest guy in town. Sorry, dude! *(weiter ironisch und breit grinsend)*

Mark Zuckerberg: Bill?! That's fucked up! Did you do this on purpose? I told you, I wrote you: I don't have time to talk to you. And now you rape me like this?

Bill Gates: Can you show some respect for your elders? Tell me: How is it possible that you even dare to refuse to meet? You deserve worse than just a pink strawberry milkshake on your shirt. Nice grey, by the way.

Mark Zuckerberg: You know what, Bill? I'm outta here! Important call! See ya.

Bill Gates *(greift nach Marks grauem Hemd und hindert ihn am Weitergehen)* If you'd shown some respect, I would have respected the ignorance of youth. But you left me with no choice. This is serious!

Mark Zuckerberg: Seriously serious. As in very important?

Kellnerin *(nervös, zu Mark):* Sir, here's your light matcha-pitcha-kutchi soya shake.

Bill Gates *(seufzend, der aufgeregten Kellerin hinterherguckend):* I'm getting closer to giving up … Matcha-what? *(Pause)*

Mark Zuckerberg: OKAY. Five, maximum ten minutes.

Bill Gates: Okay look. You're in the wrong company, man! You're brilliant, only you're this close to creating something that humanity in hundreds, maybe thousands of years would be calling revolutionary, game-changing. But instead you're about to destroy your own baby! You're creating a soulless monster.

Mark Zuckerberg: What are you talking about, old man? I'm about to close a three billion dollar round and my beautiful baby is about to grow into the biggest possible giant. Honestly Bill, are you mad? What do you even mean? *Mark saugt demonstrativ trotzig, infantil an seinem Strohhalm. Laute Schlürfgeräusche.*

Bill Gates: Ha, I love this! You have no clue what I'm about to say.

Mark Zuckerberg: This is getting more and more absurd. Tell me, Bill, do you want me to call your wife to pick you up, or your shrink maybe?

Bill Gates: Honey-bunny, you're pretty bold for your age and the zero-truth, the actual emptiness of your bank account.

Mark Zuckerberg: We both know that those two are only a matter of time. And self-confidence, with all due respect, Mr. Bill Gates, is what got you where you are, and me where I am, and even more where I'm going from here!

Bill Gates: Wow, making sentences that make sense is another one of your many strengths.

Mark Zuckerberg: Jesus, you piss me off!

Bill Gates: My dear Mark, I'm here to break your strength and restore it. I'm going to show you a shortcut, to make your true vision come true before you can make a blind version of it real. Isn't that your storyline? ‚It's all about connections and communication…' Blah, blah, blah. So here I am and you're going to talk to me, about what already is, what's going to happen, and about what else *could* happen… And after this conversation, you'll make a choice and you're responsible for the consequences of that choice, like forever. Full stop. You'll never be able to say: ‚I had no idea. But I didn't know…'

Mark Zuckerberg: You're building up a hell of a tension here. Quite an arc of suspense. Are you secretly Greek?

Bill Gates: *(prompt)*: Kind of. The thing is, if you take this money to grow faster, bigger, even bigger, you are stuck. You have to give it back! You have the power to use the moment, you have the freedom to grow this thing like hell – straight *to* hell. You'll become the king of the universe, but you'll be stuck on a fixed track, following the paracode of money.

Mark Zuckerberg: Paracode?

Bill Gates: As in parameter!

Mark Zuckerberg: That's why we measure in feet, Mr. Gates! It's less abstract, dear.

Bill Gates: Damn. Yes, and in *God we Trust*. I know… less abstract. So simple. *God*. You are within a master plate! Jig. You will have to pay it all back, with interest, you are owned! No matter what vision you're carrying around in your childish brain. There is no jubilee year extra for you. You're creating a monstrous piece of infrastructure between people with no purpose beyond competition and market rules. It won't be about people, it will be all about shareholder value… for the few. And I know, you're surrounded by supersmart loving people, reassuring you with their pure presence that everything will be alright and encourage you to keep going. But you're about to kill it!

Mark Zuckerberg: You still sound a little European… What exactly is your problem, Mr. Now-I'm-rich-I'm-gonna-save-the-world? Out of Xanax? Are you telling me your life was a lie? Like, all wrong? Haha – are you kidding me? Oh god, I wish I had this on camera, this is, like, truly hilarious.

Bill Gates: *(sichtlich gekränkt)* Fine, be sarcastic, that's your generation's compensation for our failures … Excuse me! *Mark schlürft noch einmal heftig, aber nicht mehr so trotzig an seinem Shake.*

Mark Zuckerberg: You know what? As you've aged, you've actually gotten to look exactly like Uncle Scrooge, but with somewhat calmer and warmer eyes.

Bill Gates: Uncle Scrooge McDuck …?! *Bill guckt genauso verdächtig unschuldig wie Dagobert Duck in schweren Stunden der nahenden Verarmung. Und beide, Mark und Bill, lachen laut und herzlich miteinander.*

Niemand sollte je von Bills sanfter Übergriffigkeit erfahren. Es war sein Geschenk an die nächste Generation. Die Entscheidung fiel im Stillen.

Lösung

Mark Zuckerberg bezahlt 2006 seine bisherigen Investoren aus und macht sein Unternehmen zur ersten weltvergesellschafteten Unternehmung. Facebook geht nicht an die Börse. Zuckerberg stellt gemeinsam mit Kofi Annan in dessen Abschiedsrede im Dezember 2006 ein mehrschichtiges System zur Einbettung des Netzwerks in die Organisation der Vereinten Nationen vor, bei dem jeder Nutzer, sprich Weltbürger, sprich Weltnutzer, mitwirkt. Statt auf Werbung wird die Aufmerksamkeit der Weltnutzer streng demokratisch gelenkt. Zuckerberg präsentiert regelmäßig in New York vor den Ländervertretern neue Features, denn Facebook ist Teil der UN.

Im Oktober 2008, zwei Jahre nach dieser Begegnung, fordert Zuckerberg mit seinem 500-millionsten Mitglied einen direktdemokratischen Sitz im Weltsicherheitsrat.

Die alt-repräsentativen demokratischen Vertreter wirken an der Moderation und Gestaltung der Plattform mit, die Meinungsbilder ebenso akkurat und konkret abbildet wie sie aktuelle und verlässliche Daten zum materiellen und immateriellen Wohlstand aller Regionen bereitstellt. Die Datengrundlage für politische Entscheidungen steigt – ihre Zugänglichkeit und zuverlässige visuelle Aufbereitung weckt breites Interesse. Die Vereinten Nationen werden der Ort, an dem die Zukunft des globalen Zusammenlebens, die Vereinigung der Nationen, Demokratie, probiert und vorgelebt werden.

Doppelehen zwischen grünteeanbauenden Investoren, Programmiererinnen, Staatsrechtlern mit mindestens zwei Staatsbürgerschaften und Milchshakeverkäufern werden supranational gefördert.

Opt-In Slavery

Sie stand zweifelnd vor dem Fotoautomaten am verdrecktesten Platz der Stadt – er zog sie magisch an. Also dieser neue Automat, nicht der Platz.

Ronja war eine eher kleine Frau, 38 Jahre alt, mit feinen Gesichtszügen, einer schmalen Figur und einer Haut, die zu zerreißen drohte, so dünn war sie. Gleichzeitig hatte sie etwas Starkes, beinahe Hartes, dem zerbrechlichen Äußeren zum Trotz. Diese Ambivalenz setzte sie brillant ein. Man konnte nicht anders, als ihre Widersprüche sich körperlich entfalten, ausbreiten, auskämpfen zu lassen. Man wollte mit ihr gemeinsam ringen, dabei sein. War sie ein Papiermädchen mit Titankern oder doch ein fragiler Seidenpapierkern, von Titan umhüllt? Es änderte sich jeden Augenblick. Sie selbst hatte sich daran gewöhnt. Solange niemand allzu irritiert wirkte, kam sie gut klar. Hatte ausreichend sortierte Gedanken, Ideen, Visionen. Eine erlogene Idee von sich selbst, die ihr half, Entscheidungen zu treffen und ein soziales Umfeld zu unterhalten. Glücklich. Wie zwei Magnete.

Das ganze Konzept dieser Lotterie war absurd, genau wie der Retro-Fotoautomat. Menschenunwürdig. Es war ihr unerklärlich, wieso dieses Spiel nicht von irgendeinem hohen Gericht unterbunden wurde.

Sittenwidrige Verträge sind ungültig; Sklaverei ist längst verboten. Was soll jetzt eine neuartige globale Vermögenssteuer, die in Form von Fotoautomaten den Planeten besprenkelt? Ein Spiel der Superreichen.

Aber Ronja war neugierig. Es kribbelte, sie hatte Lust aufs Abenteuer. Sollte sie? Einfach hinein in den Fotoautomaten, um ein 30-sekündiges Video aufzunehmen, diese Chance ergreifen, ihr Leben von Grund auf zu ändern?

Sie kam nicht zum ersten Mal mit diesem Gefühl an dem Automaten vorbei. Ständig ging ihr durch den Kopf, was sie sagen könnte, wie sie sich präsentieren würde. Die Minivideos waren eine Bewerbung, ein vereinfachtes Hartz-IV-Formular. Ein bisschen wie Tinder, nur ernster.

Man erhielt ein minimalbedingtes Grundeinkommen, sobald ein offizieller Mäzen und ein Protegé zusammenfanden. Die Superreichen aus aller Welt konnten die Videos durchswipen, sich einen Schützling auswählen – die Bedürftigen konnten ablehnen oder zustimmen. Ein Match bedeutete: den etwas anderen Bund fürs Leben.

Erst heute Morgen, unter der Dusche, hatte sie eine pfiffige Idee gehabt, wie sie selber fand. Einen Pitchwinkel, mit dem sie genau den Sponsor ansprechen würde, den sie brauchte. Also einen ... Mentor?! So betrachtet, ergab das Ganze sogar Sinn. Sinn?

Der Sinn von Sinn war ihr längst abhanden gekommen. Und dem Rest der Welt offensichtlich auch.

Ronja hatte kurze, rote Haare, vielleicht würden manche auch mittellang dazu sagen. Ihr Haar war weich und sehr dick, es glänzte seidig und war weder fusselig noch fliegend, wie man das von hellen oder rötlichen Haaren sonst kennt. Sie war in Bremen aufgewachsen, worunter sie immer wieder ein bisschen litt. Hatte in Osnabrück studiert und – eher eine Ausnahme – schon während des Studiums ihr Volontariat bei der Osnabrücker Zeitung begonnen. Für ein Erasmus-Semester war sie nach Madrid gegangen. Die Leichtigkeit, die ihre spanischen WG-Kollegen an den Tag legten, war ihr suspekt. Wenn diese mal wieder dienstagnachmittags in einem von Madrids schöneren Parks verzauberte Pilze gegessen hatten und sich nachher in der Küche komisch benahmen, konnte sie da nicht so richtig mitgehen. Mal eine einzelne Nacht, oder zwei, aber ganz verlieren konnte sie sich nicht. Als ihre Oma schwer erkrankte, brach sie ihren Aufenthalt in Madrid ab und kehrte heim. Ihre Oma überlebte den Krebs. Wirklich fraglich war das zu keinem Zeitpunkt gewesen, aber sie kümmerte sich gern.

Plötzliche, stille Entscheidungen waren typisch für Ronja. Was sich dahinter verbarg? Wenn ein Partner diese Frage auch nur indirekt aufwarf, verschwand Ronja, auf der Stelle. Sie war froh, nicht zu viel über solche Dinge nachzudenken, sie ließ sie einfach geschehen. Nicht mal gelassen, eher desinteressiert. Ein auf gewisse Weise maskuliner, jedenfalls standhafter Zug, jedoch ganz ohne

Machtstreben, ohne bewusste eigene Richtung. Das wirkte auf viele unheimlich attraktiv. Selbstsicherheit ohne Selbstbewusstsein. Oder auch: ein Bewusstsein, das dem Selbst Platz lässt etwas zu werden, was es vorher nicht einmal kannte. Ein Selbstbewusstsein, das sich so wenig seiner selbst bewusst war, dass es *das* oder *das* und *das* sein konnte – ohne es genau zu wissen, ohne sich vom Definiertseinmüssen verunsichern oder gar beherrschen zu lassen.

Doch jetzt stürzte diese Soli-Menschen-Lotterie Ronja in Konflikte, die sie sonst mit Gesten löste. Plötzlich lagen diese Konflikte ausbuchstabiert vor ihr. Ausgerechnet in der Gestalt eines Fotoautomaten! Niemand in ihrem Umfeld erahnte, welcher Anspannung sie standhalten musste, seit dieses Ding dort stand.

Real Life Gaming für Superreiche. Seit das Spiel ausgerollt worden war, wollte sie spielen; aber nicht als Spieler. Spielfigur zu sein, das interessierte sie. Natürlich war sie sowieso nicht in der Position, als Sponsor teilzunehmen. Alle Menschen weltweit mit einem aktiven oder passiven Jahreseinkommen von über 500.000 US-Dollar wurden Sponsoren – zwangsweise.

Durch die Wiederbelebung der Vereinten Nationen war einiges in Gang gekommen, doch dieses vermögenssteuernde Spiel war der Gipfel.

Abscheu war ihre erste Reaktion. Selbstverständlich! So war auch die Haltung der meisten seriösen Journalisten. Doch die Vorstellung von finanzieller Unabhängigkeit reizte sie, ebenso wie ein wenig fremdgesteuert zu werden. Über die Bande der Abhängigkeit von einem Patron in eine ihr fremde Welt hineinblicken. Mit jemandem von dort fest verbunden sein, jemandem, der oder die sie anleitete, ein eigenes neues Leben zu gestalten. *50 Shades of Grey* ohne Sex?

Aber sie wollte ihre Faszination eigentlich gar nicht analysieren, ihr die Intensität nicht nehmen. Das Kribbeln nicht zerdenken. Ronja würde nicht mehr lange widerstehen. Es würde passieren, bis dahin kämpfte sie dagegen an. Sich vor Augen zu führen, welche Widersprüche in dieser Sehnsucht erkennbar wurden, wäre eine psychoanalytische Fingerübung ohne jegliche Konsequenz für ihren Konflikt – den hier, direkt vor ihrer Nase.

Ein Mann Ende zwanzig mit Irokesenschnitt und Springerstiefeln zog den Vorhang der Videokabine zur Seite, um herauszukommen. Man sah nicht mehr viele Punks. Nicht mal hier.

Man könnte das Beobachten als sichtbare Indiskretion begreifen, als *Hingucken*, und das Zuhören als intransparente Indiskretion, als *Lauschen*.

Es wäre aber nicht ganz korrekt, Ronjas Mithören des Gesprächs, das einige Tage nach dem Erlebnis mit dem Punk ihre Entscheidung auslöste, ein *Lauschen* zu nennen.

Denn die Darsteller wollten es ja so, sie wollten gehört werden. Es gibt diesen gewissen Tonfall, bei dem man spürt, dass der Sprecher nicht nur für seinen Zuhörer, sondern durch die Ohren der ganzen Umgebung zu sich selbst spricht. Der Sprecher steht beispielsweise in der U-Bahn auf seiner Bühne. Oder im Café, am Nachbartisch. Eine Nuance zu laut. Anfangs konnten diese Gespräche sehr interessant sein, doch je sicherer sich der Sprecher seiner Zuhörer war, desto unerträglicher wurde es. Als sei Selbstsicherheit nur bis zu einem bestimmten Punkt sozial verträglich. Irgendwann kippt es nämlich immer ins Lächerliche, Bemitleidenswerte – und man hatte es selbst mitausgelöst, durch die eigene Aufmerksamkeit.

Tage später saß Ronja am Kamin, im Ruheraum der Sauna im neuen Szeneviertel. Viel zu voll, viel zu teuer, viel zu eng. Doch es gab Fruchtbuttermilch.

Irgendwann, schon seit Ewigkeiten eines Tages, würde sie sich einen sexy Bademantel zulegen. Der jetzige war von ihrem Opa, er war viel zu groß und sein Weiß war längst vergilbt. Meistens war ihr die Beschaffenheit ihrer Frotteehülle egal, aber hie und da hätte sie sich in einer knapper geschnittenen roten oder dunkelblauen mit Kapuze wohler gefühlt. Sie könnte dann den ein oder anderen prüfenden Blick wie eine Königin weit weg reflektieren, ganz ohne innere Stärke anzuzapfen. Wenn man sich gewissen Gesellschaftsschichten in bestimmen Städten näherte, konnten ankonsumierte Schutzschilder hilfreich sein.

Sogar dieser Kamin war falsch geplant. Ob der Bauherr seinen Toyboy aus dem ersten Architektur-Semester rangelassen hatte? Oder was war bei diesem Wellnesstempel sonst schiefgelaufen? Der Kamin hatte lediglich eine kleine aufschiebbare Glasscheibe, sie verkleinerte und sperrte das Feuer weg, das müde Städter doch so dringend brauchten.

Ronja lag auf einer leicht angewinkelt aufgestellten Liege, sah ihre einigermaßen frisch lackierten Zehennägel und die Flammen hinter dem Glas.

Links von ihr lag ein junger Mann, attraktiv, groß. Auf seiner Liege lag ein weiterer Jüngling, klein und schwarzhaarig. Von dem Kleinen konnte sie nur den gut definierten Rücken sehen, da er in Richtung eines dritten jungen Manns saß, der wiederum zwei Liegen links von Ronja fläzte. Sie konnte gut so tun, als wäre sie nicht an Männern interessiert. Sie war Ende dreißig und keine zwanzig mehr. Ronja trank ihre Buttermilch ohne Strohhalm und stierte in das orange Licht. Jemand musste Holzscheite nachlegen, die schon dekorativ neben dem Kamin gestapelt waren.

Die sedierende Erschöpfung nach dem Aufguss war vorbei. Ihr Herz schlug noch beschleunigt, aber leichte

Unruhe setzte bereits wieder ein. Sie kramte innerlich schon nach ihrem Buch. Versuchte, sich vorzustellen, ob sie mit dem Titel beeindrucken oder Interesse wecken konnte. Und konzentrierte sich wieder auf ihr Ende-dreißig-Sein, auf ihr Desinteresse an Männern, diesen im Besonderen. Kramte eben nicht nach dem Buch, schluckte, stand auf, um den Strohhalm zu holen, den sie gerade noch konsterniert abgelehnt hatte. Ronja lief schmunzelnd, den Kopf über die eigene Arroganz schüttelnd, zur Theke. Selbst bei einem Gin Tonic würde sie den Strohhalm in Zukunft mit mehr Demut zurückgehen lassen.

Hier in diesem ansonsten enttäuschenden Saunaparadies hatten sie die etwas dickeren, einfarbigen Halme mit dem auch für zähere Flüssigkeiten passierbaren Plastikhals. Es kam genug Buttermilch in genau der richtigen Temperatur durch ihn durch.

Auf dem Rückweg zu ihrer Liege musste sie sich zusammenreißen, um nicht schon während des Gehens zu trinken. Der kleine Schluck an der Theke: eine Verführung. Wie die Marshmallow-Testkinder versuchte sie sich im Genussverzicht und mühte sich ab, die Genussverschiebung als Zeichen der Reife und Leistungsfähigkeit ihrer Person zu betrachten. Wer aufschieben kann, aus dem wird was! Also nicht beim Gehen … ihre Unruhe war vollständig zurück. Die Buttermilch und ein weiterer Aufguss. Sie guckte weit nach rechts über ihre Schulter auf die Uhr. Viertel vor. Perfekt. Buttermilch, den Artikel über die verspätete und jetzt umso schlagkräftigere Umweltbewegung in Frankreich lesen. Dann der Aufguss um vier. Sie drehte sich zurück und sah im Augenwinkel die jungen Männer sehr konzentriert miteinander sprechen.

„Lässt sich ein Ideal aufrechterhalten, wenn wir doch eh alle Lügner sind?"
„Aber vegan …!"
„Damit man sich nicht *so* schlecht fühlt."
„Sich gut fühlen, sich gut fühlen. Warum sollte ich mich denn gut fühlen?"
„Sich gut fühlen erzwingen? Das ist doch pervers!"
„Nur Perverse hier."
„Ich will mich aber einfach gut fühlen."
„Ich werd' mich doch wohl noch gut fühlen dürfen wollen …"
„… sagten ihre trotzigen Augen auf dem Weg zum Yoga …"
„Naive Perverse!"
„Jämmerliche Versuche, sich die Würde zu bewahren."
„Passiert, wenn Menschenrechte nicht mehr mehr sind als dahergesagte Vision-Statements."
„Ist die UN-Charta dann sowas wie Steve Jobs für Hängengebliebene?"
Gekünsteltes anfeuerndes Gelächter der anderen beiden.
„Pathetisches Nachkriegsgelaber. Eignet sich für Wahlkämpfe und visionäre Geschäftszwecke gleichermaßen. Nur noch Visionen und Weltrettung, und jetzt? Ist nichts mehr da – nichts mehr, was wichtig ist."

Ronja fragte sich, bei welchem vorlauten YouTuber sich der kleine Beau, der aussah, wie einer dieser Start-up-Boys, diese Argumentationslinie wohl geklaut hatte.

„Die Hoffnung der Aufklärung, final zermahlen von der Realität einzelner Klickender. Der Mensch, als eher emotionales Wesen wiederentdeckt von einem binären Netz."
„1001-Logik bringt die Triebe wieder ins Spiel."
„Ein Treppenwitz der Geschichte. "

In welch eine illustre Dreierrunde war Ronja denn hier gestoßen?
„Momentan wird so argumentiert, als wäre der Verstand in der Trotzphase. Buh, buh, Facebook, buh, buh, Populisten, buh, buh die globalisierten Kräfte des Kapitals, buh, buh Klimawandel – keiner versteht mich. Wir sind alle verloren."

Ronja hatte lange kein so ehrliches Gespräch mehr gehört. Schritten sie jetzt über den Zynismus hinweg? War ihre eigene Generation so von sich selbst eingenommen? Zynischer als zynisch, maximal verbittert? So verbittert von den Mächtigen und den seit einem halben Jahrhundert idealistisch daherredenden 68er-Hippie-Babyboomern und den dazugehörigen bürokratischen Counterparts, dass sie das selbst nicht mal mehr mitbekamen? Ronja schlug zur Tarnung ihre Zeitschrift auf.

„Hoffnung muss immer neu erzeugt werden, sie muss wachsen."

„NEIN – das ganze Prinzip Hoffnung stinkt zum Himmel – ein kaputter Katalysator! Durch die Werbung vereinnahmt, von den Silicon-Valley-Glaubenssätzen endgültig korrumpiert."

„Zuversicht ist aber das einzige Gegenmittel zur Angst. Jeder gesprochene oder geschriebene Satz enthält irgendeine vage Hoffnung."

„Ha! Eben. Genau: schon ein einziger Satz. Verrat!"

„Satire. Dissoziation jetzt."

„Sapperlot? Intellektuelle Kackscheiße?!"

„Und so werden Populisten ins Recht gesetzt. Wegen verführerischer Direktheit, welche die Gefühle nicht bemüht raushält oder schlecht inszeniert, um am Ende doch selbst nur schmerzhafte Widersprüche hervorzubringen."

„Die Europäische Union?"

Gekicher.

„Der Club of Rome!"

„… Hillary!"

Gegröle.

Ein eingespieltes Team, diese jungen Herren. Der Überschäumende wurde von seinen Jungs nicht hängengelassen.

„Populisten sind die gerechte Strafe."

„Für wen?"

„Für die, die sich rausgehalten haben."

„Sogenannte Demokraten."
Wieder Gelächter.
„Ey, ist Trump vielleicht die bessere Frau!?"
„Hä?"
„Naja, super emo, die reine sich ständig selbst widersprechende Emotion, und kommt damit durch."
„Gut durch!"
„The future is female," prustete der Schöne.

Die Buttermilch wirkte wie Kaffee auf ihren Darm. Ronja wollte weiter zuhören und riss sich zusammen, doch ihr Schließmuskel kam an seine Grenzen. Sie klappte die Zeitschrift zu, rollfaltete sie, steckte die Rolle in ihre übergroße Bademanteltasche und marschierte zu den Toiletten. Die hinteren Duschen und Toiletten waren so versteckt, dass sie ihre Ruhe haben würde. Wow, Toilettenzeichen. Hier die Damen, dort die Herren. Schlichte, moderne und teilende Symbole. Es gab das kaum noch. Unisex war die neue Norm. Sie bog nach rechts ab, aufs Herrenklo. An den Duschen vorbei, keiner dort. Weiter nach hinten. Vier freie Kabinen. Sie nahm, wissend, dass das die meisten taten, die vordere rechte. Hing den Mantel auf, setzte sich, schlug die Zeitschrift wieder auf, entspannte sich.

Sie würde den Aufguss verpassen, aber danach würde es in der Sauna immer noch gut riechen. Zumal die Aufgüsse hier sowieso ein kurzer, schwacher Scherz waren. Maximal lauwarm.

„Hier ist nie jemand!"
Ronja zog intuitiv ihre Füße hoch.
„Und das?"
„Die ist besetzt!"
Jemand bewegte sich, bückte sich.
„Keiner drin!"
„Die ist bestimmt für Personal oder Reinigungsmittel."

Die drei Jungs quetschten sich in die hintere Kabine, die schräg gegenüber von Ronja lag, also in die links hinten, die selten gewählte.

Ronja fand schon das Rauchen nach der Sauna befremdlich. Aber harte Drogen? Kokain? Wie würde sich ein Dampfbad oder das Musik-Floating im pipiwarmen Salzwasser auf Koks anfühlen? Sie stellte ihre Füße in den hellpinken Flipflops leise wieder auf den Boden.

„Dieses neue Spiel moralisiert nicht, es verschleiert nicht die Unterschiede. Ganz einfach. Es gibt Leuten die Wahl, ihr Schicksal in die Hand zu nehmen."
„Das sehe ich mittlerweile auch so. Nur etwas Radikales würde noch helfen. Gegen strukturelle Ungerechtigkeit kann man nicht anders ansteuern."
„Und die alten Instrumente versagen ja seit Jahrzehnten. Also ist es an der Zeit, so etwas auszuprobieren."
„Ja, die verlogene politische Homöopathie ist am Ende. Ehrliche Sklaverei! Das ist der nächste Schritt, das ist

zivilisatorischer Fortschritt!"
„Fortschritt?!"
Dreistimmiges Gelächter.
„Hier – nimm mal lieber deine Line!"

Ronja freute sich leise kackend über die fiese Note in dem anhaltenden Lachen, dem laute Schnupfgeräusche des dritten Drogenkosumenten folgten.

„Naja, aber schon, man nimmt denen, die sich in dieses Aufbauprogramm begeben, doch jede Würde."

Wie sanft sich hier ein Gewissen zu Wort meldete. Sie war sehr selig auf ihrer Klobrille.

„Würde? Wo denn?"
„Jetzt gehen die Penner, die was ändern wollen, in die Fotobox und haben eine Woche später ein Konto, ein Handy und ein wöchentliches Zwangscoaching – bei einem gelangweilten oder gestressten Multimillionär. Es ist ein Traum!"
„Jetzt spenden sie ihre Zeit, die Superreichen! Ihre Aufmerksamkeit. Eine wahre Vermögenssteuer. Es gibt nichts Wertvolleres, was sie der Gemeinschaft geben könnten. Was Gemeinschaft überhaupt erst erzeugt."
„Weltgemeinschaft."

„Moment mal", meldete sich das Gewissen von vorhin wieder. „Und die Umverteilung des Geldes?!"
„Niedlich."
„Geld?"
„Geld? Echt jetzt?"
„Mein Leben ist genauso beschissen wie vorher. Steht auf dem neuen Mercedes, auf dem T-Shirt des Flüchtlings, der es nach Europa schafft. Schreien alle jungen Eltern nach drei Jahren."

Ronja war entzückt über die Entwicklung des Gesprächs. Die französische Umweltbewegung, die gegen Windkrafträder kämpfte, musste in ihrer Bademanteltasche warten.

„Geld einzahlen müssen sie ja auch noch in den großen Topf."
„Aber Geld? Wert. Anti-Wert. Negativ-Zinsen, Zombie-Banken. Diese Geldnummer wird doch eh nur künstlich am Leben gehalten auf Kosten der Freiheit viel zu vieler. Das Vertrauen dahinter ist längst zersetzt. Es brauchte da schon einen Krieg, schön zerstörerisch, schick schöpferisch, um es wiederherzustellen, das Vertrauen in Geld oder den Staat."
„Das ist aber ein weiter Bogen, mein Guter."
„Ja, bitte. Echt, das geht doch nicht, dass wir stattdessen den Abgehängten das Instrument geben, sich freiwillig unter die Herrschaft eines anderen zu stellen!"

„Herrschaft ist ein großes Wort. Aber gut. Sieh's als echte Ehe für alle?"
„Ehe für alle?? Das macht den Bogen jetzt nicht kleiner!"
„Puh, dann anders: Also willst du lieber unter die entmündigende Herrschaft eines entnervten Jobcenter-Mitarbeiters? Eiskalt ist sie, die Sozialstaatsbürokratie!"

Herrschaft? ... ganz herrlich! Oder dämlich? Das kommt nämlich von „Dame", ihr, ihr, ihr, ... dachte Ronja auf der Herrentoilette, schräg gegenüber.

„Keine Sorge! Lebe! Lebe, lebe!"

Wieder dieses beruhigende, einfach alles verstehende und sogleich verachtende, Gelächter. Dann das Ziehen der nächsten Lines.

„Jo. Jo, alles steht Kopf, aber irgendwie nicht yogisch."
„Nix funktioniert, um die Katastrophe, die längst da ist, abzuwenden. Und die Worte, die man gegeneinander ins Feld führt, sind längst Teil der Realität, aber nur der eigenen."
„Die Rechtsnationalen sangen sehr laut ‚Die Gedanken sind frei' auf ihrer Prozession durch Kreuzberg. Und sie meinten es!"
„Von Hundertschaften beschützt."
„Beim Singen beschützt oder beim Denken?"

„Oder? Oder? Oder?", hallte es in ihr nach und übertönte die lachenden Jungs.

„Also. Meinungen interessieren mich nicht mehr, am wenigsten meine eigene."
„Ha, ha, das merkt man …"
„Haalloooooo?? Fliegender Fisch."
„Könnt ihr Delfin?"
„Will ich schon lange lernen."
„Ja, ist gut für die Haltung."
„Sieht aber irgendwie behämmert aus."
„Aber jetzt hör' mal auf abzulenken, gehst du nun in die Fotokiste, du alte Kaulquappe?"
„Allein aus Respekt vor dem geistigen Erbe aus Frankfurt weise ich das weit von mir. In mir steckt kein autoritärer Charak …"
„Und ich dachte schon, du sagst Thunfisch!"
„Dass ich nicht lache. Du bist auf die Kohle doch bloß nicht angewiesen. Dafür gehorchst du deiner Mutter aufs Wort, selbst deine Waschmaschinenwahl beherrscht sie."
„Ha, ha, stimmt, deine Freundin wollte eine andere, wenn ich mich da richtig erinnere …?"
„Waschmaschine?! Lächerlich. Er arbeitet seit seinem dritten Lebensjahr darauf hin, einen Job zu übernehmen, den er mit jeder Körperfaser hasst."
„Wow."
„Hiiiiilllfe YOLOs, wo seid ihr, wenn man euch braucht?"

„Ihr langärmligen Loser! Komm, lasst ma' abhauen!"
„Diese Pimmelköpfe", dachte Ronja. Sie hob die Füße an. Die drei verließen, unverändert von sich eingenommen, laut krakeelend die Waschräume. Etwas seilte sich ab. Plops.

Ihr Widerstand war gebrochen. Sie hatte sich entschieden und hätte jetzt selbst gern eine Line, um ein 30-sekündiges Statement auszuarbeiten. Das hier war ein Notfall. Anders ließ sich die Entscheidung, sich selbst zu versklaven, wohl kaum bezeichnen. In Notfällen waren Drogen konsequent und Ronja liebte Konsequenz.

Beschwingt lief sie zur Aufgusssauna, aus der gerade nach Melisse duftende Menschen mit hochroten Köpfen strömten. Sie dachte nicht daran, dass selbst das Tauchbecken hier viel zu warm war. Sondern daran, wie sehr sie Melisse liebte – und wie der Aufgießer mit den tiefen braunen Augen ihr gerade verschwörerisch zugeblinzelt hatte. Ausgestreckt legte sie sich auf die obere Bank. Ihre Silhouette, ihr flacher Bauch in diesem Schummerlicht, betörte sie. „Hallo da, mein Name ist Ronja – weder Räuber-, noch höhere Tochter!" So ein Müll, übermütig, kindisch. Da hatte sie sich an ihrem flachen Bauch wohl flachgedacht.

„Hi! Mein Leben ist … normal, in meinem Beruf als Journalistin habe ich einiges erreicht. Ich halte mich an Regeln, setze mir Ziele – alle behaupten es, ich glaube es:

Ich bin zufrieden. Weiß es aber nicht, etwas ... ich möchte lernen, alles anders zu machen, ich wünsche mir die Kraft, mich neu zu erfinden. Mein Leben ändern, ich muss ...!" An dieser Stelle: ein unschuldiger, leicht verwirrter Blick Richtung Kamera. „Dabei brauche ich enge und sichere Begleitung. Ich will Ihre Unterstützung. Ich bin kein hoffnungsloser, sondern ein höchst spannender Fall. Ich werde Sie nicht enttäuschen. Zusammen können wir viel erreichen – das wird aufregend."

Dann würde sie nochmal ein ganz bisschen verführerisch in die Linse blinzeln. Ronja war zufrieden mit sich und ihrem Pitch. Diese naive Note, die andeutete, dass sie auch den Wettbewerbsgedanken im Spiel der Reichen um die Performance ihrer Schützlinge guthieß, würde ihr genau den richtigen Sponsor bescheren.

Die Recherche ihres Lebens: ihr neues Leben!

Einige Monate später.

Ihr Handy vibrierte: „Ask about his wife" und prompt die Übersetzung: „Erkundigen Sie sich nach seiner Frau!" Zumeist hatte Ronja das, was Umrin vorschlug, bereits zuvor durchdacht und begründet verworfen. Doch wofür mit ihm diskutieren, wozu ihre Strategie, ihre Überlegungen, Gefühle und moralischen Gerüste erklären? Er befahl, was zu tun war. Sie tat, wie ihr die Textnachricht geheißen hatte, und fragte ihren Chef nach seiner Frau Sandra. Ronja saß mit Mattes, ihrem Chefredakteur, bei dem kleinen Italiener unten im Haus der Redaktion. Und tatsächlich schien Mattes nicht den Hauch von Berechnung zu spüren. Er erzählte dankbar. Erzählte, dass sie, seine Frau Sandra, nach dem Gärtnern im Sommer nun die Malerei für sich entdeckt hatte, und dass sie immer seltener auflegte. Ronja fragte sich, wie es für ihn war, einen DJ neben sich altern zu sehen. Am liebsten hätte sie gefragt, ob sie sich eigentlich Kinder wünschten, wie alt Sandra jetzt sei? Doch das ginge zu weit. Sie schluckte ihr Interesse herunter und blickte Mattes verständnisvoll in die Augen, sah, dass ihn etwas intensiv beschäftigte, aber sie fragte nicht, nickte ihm bloß zu. Blickte ihn geduldig an, bis er sich aus seinen Gedanken befreit hatte und wieder bei ihr am Tisch war.

Wie konnte Umrin ihr überhaupt solche Tipps geben? Sie lebte hier und arbeitete in einer ganz anderen Kultur als er. Umrin war nicht nur Asiate, er war Japaner. Er hatte keine Ahnung, wie die Dinge hier liefen. Oder eben doch? Japaner. Es funktionierte jedenfalls. Das Gespräch, die Stimmung zwischen Mattes und ihr, hatten eine andere Färbung bekommen. Irgendwas hatte sich entspannt, ausgeglichen. Eine Glaswand, eben noch da, zwischen ihnen, war auf wundersame Weise verschwunden. Jetzt war es Mattes, der sie mit wartendem Blick wieder an den Tisch zurückholte.

„Mattes, ich möchte frei für dich arbeiten, ich möchte aus dieser Festanstellung raus. Ich brauche drei Monate Auszeit und möchte dann an längeren Recherchen arbeiten. Ich drehe durch, ich fühle mich wie ein Schreibaffe."

War es das jetzt gewesen? So einfach? „Schreibäffin", korrigierte Mattes sie mit einem überlegenen Grinsen. „Auch Äffchen meinetwegen …", säuselte sie in Gedanken.

Er guckte sie lange an. Nicht böse, nicht enttäuscht, nicht einmal sonderlich interessiert. Ob ihm wieder die erfolglose künstliche Befruchtung durch den Kopf ging?

Ihr Handy vibrierte. „Perfect and stop. STOP. Silence, sweetheart. Now it's his turn." Sie wollte gerade ansetzen und weitere Argumente vorbringen, sich erklären. Nun atmete sie tief aus und blickte Mattes in die etwas zu runden, braunen Augen. Umrin hatte Recht gehabt, mal wieder. Es war alles gesagt.

Lösung

Seit der Einführung des Spiels sind neben den knapp über 2.000 Milliardären auf dem gesamten Globus auch die restlichen ein Prozent der überdurchschnittlich vermögenden Menschen ihrer neuen Verpflichtung nachgekommen und unterstützen nun mehr als 800 Millionen Menschen weltweit bei ihrer unmittelbaren Lebensführung. Die globalen Reichen aka Spieler müssen in bis zu zehn Protegés aka Spielfiguren mindestens sieben Stunden ihrer Zeit investieren, und zwar pro Woche. Die Mäzene erhalten Einblick in die Entwicklungsdaten ihrer Schützlinge, können Gesundheitsparameter ebenso einsehen wie Gehälter und Ausgaben. Außerdem erhalten sie eine statistische Aufbereitung der täglichen Aktivitäten. All diese Daten bilden die Grundlage der Spielstände. Dem Sponsor sind E-Mails und andere Korrespondenzen seiner Spielcharaktere zugänglich. Sponsoren geben per spielinternem Messenger Hinweise und stehen für Fragen der Protegés zur Verfügung. Sobald drei Vertrauensinsignien erspielt werden, erhalten die Mäzene Zugriff auf die Handykameras und können die Spielfiguren in allen Lebenslagen begleiten. Die Protegés selbst geben persönliche Ziele ein, an deren Erreichung sich der beratende Superreiche ausrichtet, denn der Erfolg der Schützlinge garantiert seinen eigenen Fortschritt im Spiel. Alle Superreichen haben ihre Netflix-Accounts gekündigt.

Der Bundesnarr

Es war einmal ein Bundesnarr … und das war Klaus. Und: Klaus lachte sehr laut. Alienlaut. Sich Klaus zu entziehen, war unmöglich; seine Präsenz als starkes Charisma zu bezeichnen, wäre untertrieben gewesen. Klaus umgab die Ausstrahlung eines Mammutbaums. Die Glaskuppel des Bundestags war für ihn gerade hoch genug. Sobald Klaus als Bundesnarr die Stufen zum Rednerpult hinabschritt, verließ eine bestimmte Fraktion den Saal, wie immer, wenn er seine Redezeit in Anspruch nahm. Es war die Fraktion phantasie- und humorbefreiter Realos, die sich nicht an den üblichen Fraktionsgrenzen orientierte, sondern sich durch alle Reihen des Parlaments zog. Und diese Reihen lichteten sich beträchtlich während seiner Auftritte. Trotz des Erfolgs seiner Reden bei YouTube sowie seiner Fähigkeit, den Plenarsaal des Parlaments in schallendes Gelächter zu versetzen.

Klaus war sehr dick, sehr frech, manchmal witzig und direkt gewählt.

Der Bundesnarr fackelte nicht lange, er brannte. Seine Stimme tönte deutlich, aber versöhnlich in der kurzen Antrittsrede im Parlament, in der er nach Alkohol stinkend, wie ein wohnungsloser Flaschensammler gekleidet, mit einer Plastiktüte in der Hand und sehr schmutzig ans Rednerpult herangetreten war: „Vielleicht brauchen Sie hier mal jemanden mit einem Amt, hinter dem man sich nicht verstecken kann?! Nicht, dass Sie alle nicht äääeee-eehrlich wäääeeren, nein …! Um Gottes Willen! Das möchte ich nicht sagen, nur … wissen Sie: Uneingeschränkte Ehrlichkeit ist hässlicher und lustiger als das, was Sie hier tagtäglich veranstalten. Letzte Warnung. Ich bin Ihr Wecker! Bis morgen, dann."

Für seine Verkleidung hatte er sich zuvor bei den Kunden und Mitarbeitern der Kleiderkammer beraten lassen, die sich, nur eineinhalb Kilometer vom Parlament entfernt, neben der Bahnhofsmission befand. So war der kleine Wodka, den er nun vor sich hin auf das Pult stellte, tatsächlich die aktuell preisgünstigste Variante. Er desinfizierte die Wunde der Republik an seinem ersten Arbeitstag im Parlament.

Klaus war lediglich einer der Vizepräsidenten des deutschen Bundestags, doch für einen Clown war das schon etwas – und seine Repräsentationskraft immens.

Gleich seine zweite Rede sorgte für Furore und Klicks: „Soziale Realität bedeutet ausschließlich eines: Vertrauen. Kein Mensch *ist* irgendetwas, *ist* irgendwie! Wir *werden* miteinander, auseinander heraus. Und wissen Sie was? Es wäre in der Tat banal – doch die Bürokratie, ursprünglich angetreten, um genau dieses Vertrauen zwischen uns herzustellen, zerstört es zunehmend. Das kennen wir, das ist gefährlich! Und deshalb haben Sie jetzt mich. Ich zerstöre Ihr Vertrauen in das System und stelle Ihr Vertrauen in die Menschen wieder her. Sie werden es schon spüren. Verstehen werden Sie es sowieso nie!" Und dann streckte Klaus den fassungslosen Abgeordneten geräuschvoll sabbernd die Zunge heraus, bevor er in seiner schicken Burka – ja, doch! Er trug eine Burka – davonstiefelte.

Der Bundesnarr hatte lediglich drei Mitarbeiter und die gut unterhaltene Öffentlichkeit auf seiner Seite, doch er wirkte inspirierend auf andere Staatsdiener. Seine institutionelle Errichtung war erstaunlich unkompliziert gewesen. Eine schlichte Änderung der Bundestagsgeschäftsordnung hatte ausgereicht, um einen Bundesnarren einzuführen und, wie ausländische Medien überschwänglich kommentierten, „eine Neubelebung der repräsentativen Demokratien" anzustoßen. Die Kampagne für den Narren war von außerhalb des Parlaments gekommen.

Jemand mit viel Geld, Macht und Verstand hatte ein Interesse an der Demokratie gehabt – aber das ist ein anderes Märchen.

Im Kreis seiner Freunde sprach Klaus witzelnd von sich selbst als „Transzendator", es war aber zu spüren, dass dieser Scherz für ihn einen wahren Kern enthielt. Ganz von der Hand zu weisen war es tatsächlich nicht, denn ein ums andere Mal hatten seine pragmatisch-verrückten Lösungsvorschläge riesige Verwaltungsapparate, die kurz vor dem Versteinerungszustand gestanden hatten, schwungvoll in Bewegung gesetzt. In den ministerialen Innenhöfen wurden gar Verwaltungsbeamte und ganze Abteilungen gesichtet, die, hochkonzentriert zwischen Aktenbergen hockend, mit Straßenmalkreide Mindmaps zeichneten und dabei angeregt diskutierten. Schier unmöglich Geglaubtes geschah, und zu behaupten, seine euphorisch übermütigen Ideenweitwürfe hätten keinen Anteil daran, wäre verblendet. Der Bundesnarr stupste sie an, rüttelte sie wach: die Verwaltung.

Klaus entwickelte die skurrilen Ideen mit seinen Referenten weiter und sie strickten mit heißer Nadel *law pitches*, wie sie ihre Gesetzesentwürfe und Projektpläne nannten. Immer enthielten die wilden Vorschläge auch klare Angaben, wann und woran man messen würde, ob das angestrebte Ziel auch erreicht worden war. Das Narrenteam stellte die Maßnahmenkataloge im Rohzustand erstmal online, sodass jeder, dem etwas dazu einfiel, direkt seine Änderungsvorschläge, Anmerkungen und Ideen einbringen konnte.

Klaus' Redezeit war knapp, die Sachlage eh bekannt, und so sparte er sich ausführliche Zustandsbeschreibungen und ratterte stattdessen seine konkreten Vorschläge herunter, Punkt für Punkt, Maßnahme für Maßnahme. Meist baute er auch ein, zwei Scherzmaßnahmen ein: Die sprachen für sich. So schlug er einmal vor, einen Zengarten auf der Fraktionsebene einzurichten, in dem immer jemand für Meditation und sonstige Seelenpflege zur Verfügung stünde. Er beharrte darauf, dass auch akkreditierte Hauptstadtjournalisten den Beichtgarten nutzen mussten. Für die Lizenzrechte der Live-Übertragung verhandele er, der Bundesnarr, schon mit Sky und Netflix. Von der rechten Bankseite kamen Zwischenrufe: „Volksvertreter-Beichtstreaming!! Kernauftrag der Öffentlich-Rechtlichen!!!" Da hielt sich jemand für lustig. „Garten der Eitelkeiten!", schepperte Klaus zurück.

Einmal hatte ein solcher Scherzvorschlag, der die eigenen Arbeitsbedingungen betraf, tatsächlich Erfolg gehabt. Ein riesiges Bällebad! Mit über einer Million Bälle, von denen einige im Dunkeln leuchtenden. Es war das größte der Welt. Doch das lag damals vermutlich daran, dass es der Bundestagverwaltung so schwerfiel, fähiges Personal für die IT-Abteilung zu gewinnen. Ein sicherer Job war für Hochqualifizierte längst nicht mehr alles. Es brauchte schon Kicker, eine Club-Mate-Flatrate ... und ein bisschen Glitzer.

Nachdem bekanntgeworden war, dass die von der Bundestags-IT vergebenen Standardpasswörter (12345) von den Abgeordneten – trotz der dringlich dazu auffordernden siebenseitigen Erklär-E-Mail – schockierend selten geändert wurden, und nach einem weiteren peinlichen Server-Angriff, für den man lediglich gegenüber einer Teilöffentlichkeit die russischen Hacker verantwortlich erklären konnte, sah man nun doch ein, dass es kein Drumherum gab, um das Bällebad im Bundestag.

Jedes Thema war ein Thema für den Bundesnarren, doch er operierte anders als das Arbeitsparlament. Um sich zu informieren, besuchte Klaus dennoch gelegentlich Ausschusssitzungen. Dort saß er dann breitbeinig, in Socken ohne Schuhe, auf dem Boden und machte sich mit großen Buntstiften ein paar Skizzen auf einem überdimensionalen A0-Block. Auf der Rückseite seines klassischen hellblauen Hemds stand in großen Lettern: „Auf dem Boden sitzen ist gut für den Rücken." Und etwas kleiner, darunter: „Letzte Buschvölker in Kooperation mit der AOK."

Klaus hatte es von seiner ehemaligen Büroleiterin zum Geburtstag geschenkt bekommen. Sie hatte mittlerweile einen Job als Geschäftsführerin der Bundesarbeitsgemeinschaft der Wohnungslosenhilfe angenommen und klagte ihm regelmäßig ihr Leid, was nicht spurlos an ihm vorüberging: „Wir entlassen Menschen von der Psychiatrie direkt zurück auf die Straße! Und was soll man machen, was soll man machen?? Weitergehen. Steuern sparen. Rechtsnational wählen! Man könnte auch behaupten, man baue einen Flughafen oder eine Autobahn und dann einfach das Geld nehmen und Kita- oder Notfallschlafplätze schaffen! Ist hier eigentlich irgendwer verantwortlich?", schrie Klaus, den Tränen nah. „Hier hagelt's gleich Brandschutz!" legte er noch nach, bevor er zurück an seinen

Platz oben in der Bundestagspräsidentenloge stolperte. Nach diesem Ausbruch wurde: „Ist hier eigentlich irgendwer verantwortlich?" die Formel, mit der er jede seiner Reden beendete.

Klaus erwirkte die Abschaffung der Toilettenspiegel im Parlament und in allen Ministerien. Das so an Putzdienstleistungen gesparte Geld wurde symbolisch für neue Frauenhäuser gespendet, denn es fehlten davon über 18.000 im Land. So viele Frauen, die Gewalt erfuhren, Hilfe suchten und keine bekamen? Er fand, weder die Innenministerin noch der Familienminister sollten ruhig schlafen können. Statt ihres Spiegelbilds bekamen die Abgeordneten und Gleichstellungsbeauftragten also jeweils die aktuelle Zahl der fehlenden Plätze angezeigt. Auf Symbolbilder, die Frauen mit versehrten Körpern zeigten, wurde verzichtet. Es kamen aber bald weitere Kennziffern hinzu, die durchschnittliche Klassengröße an Schulen, die Zahl der Wohnungslosen, die Anzahl der Suchtkranken, die Summe der ausgestorbenen Insekten, die Quadratmeterzahl versiegelter Bodenflächen im Vergleich zu unversiegelten, die Zahl der Analphabeten, das Bruttoinlandsprodukt, das Durchschnittseinkommen. Später gab es Online-Abstimmungen darüber, welche zehn Brennzahlen den Volksvertreten und Beamten ständig und aktuell vor Augen geführt werden sollten. Daten für alle. Nach und nach führte der Bundesnarr eine zunächst illegale

Paralleldemokratie ein, genau dort, wo früher die Spiegel hingen.

Es war seine Sensibilität, die den Hofnarren auf die Spur der Probleme führte. Sie diente ihm als moralischer Kompass in der Tiefe, lotste ihn durch die Widersprüche hindurch zur Lösbarkeit eines festgefahrenen Themas. Klaus guckte solange hin, hörte so lange Betroffenen, Helfern und Verursachern zu, bis er eine Idee hatte – und dann sprang er. Präsentierte sie rücksichtslos leidenschaftlich, skizzierte eine Umsetzungsmöglichkeit, die Unverständnis und Empörung bei den seriösen politischen Parteien auslöste, er setzte mit seinen leuchtenden Ideen, regelmäßig und konsequent, föderale und Ressortgrenzen außer Kraft – die Öffentlichkeit war von seinen Alternativen begeistert. Seine Immunität und sein Testosteronspiegel waren den Spießern allerdings ein Dorn im Auge.

Nach einigen weiteren unbeherrschten Momenten, in denen ganz Deutschland ihn weinen sah, veranlasste der Bundesnarr die Einführung pragmatisch-magischer Tische. Tische, besetzt mit den Entscheidungsbefugten und allen an der jeweiligen Lösung zu Beteiligenden. Als erstes fragt er immer, wer hier was entscheiden könne oder wer dann eigentlich gefragt werden müsse. Er forderte, dass die Entscheider selbst teilnähmen – jene, die sonst nur als Bremsen in den Köpfen anwesend waren. Gesetze interessierten Klaus nur bedingt, die würde man hier doch machen, sagte er dann. „Laberrunden", verließ der Bundesnarr sofort. Drei Monate dauerte es mitunter, bis alle an einem Tisch saßen. Bis Budgetverantwortliche und Vorstände der Sozialkassen, kommunale Flüchtlingsheimverwalter, Pflegekräfteausbilder, Senioren- und Studentenheimplaner und die Immobilieninvestoren, die jetzt die Kaufhoffilialen am Hals hatten, sich endlich zusammenfinden konnten.

Länder, Kommunen, große Töpfe, kleinkarierte Egobonzen, tolle Leute in engen Gewändern. Der Narr gab nicht auf, bis man sich einstimmig vorstellen konnte, dass zum Beispiel in einer Gemeinschaftsküche Flüchtlinge mit ihren Smartphones technikfernen und vereinsamten Senioren in aller Ruhe erklärten, wie das ging mit diesen wunderlichen Dingern, bis sie ihren Enkeln elektrisiert die ersten Bilder schickten und über absurde Tweets lachten. Mitten in der Innenstadt würden sie zusammenleben, mit öffentlich zugänglichem Teebereich und großer Bibliothek. Manche Geflüchtete würden gemeinsam mit auflebenden Älteren Unternehmen und Projekte starten. Klaus ließ nicht locker, bis sich der dichte Sachzwangnebel lichtete, bis immer klarer wurde, dass es geht und wie es geht. Beispielsweise, wenn er zeigte, wie Pflegenotstand, Wohnungsnot und Flüchtlingskrise zusammengedacht werden mussten. Der Bundesnarr hob Verbandsdynamiken, Verwaltungs- und Gesetzgebungsroutinen aus den

Angeln und zwang Chefetagen, Präsidenten, Vorstände, Vorsitzende, Geschäftsführer und die Staatssekretäre in die Verantwortung.

Mittlerweile nutzte er das Kanzleramt öfter für Meetings als die Kanzlerin selbst. Die Teilnehmer seiner Meetings kamen oft per Hubschrauber – der Landeplatz dort war ideal.

Eine Ausnahme bildeten lediglich die Italiener; sie kamen gerne mit dem Zug. Was wohl damit zusammenhing, dass sie die letzten Europäer waren, bei denen weiterhin derjenige am meisten galt, der genug Muße – sprich die Ruhe weg – hatte. Die Wahrnehmung der Wichtigkeit einer Person bemaß sich überall sonst längst daran, wie geschäftig, beschäftigt jemand war. Nicht so in Italien: Viel Zeit bedeutete dort mehr Einfluss! Der Bundesnarr rätselte noch, ob das an der Mafia lag oder den Mamas? Mit M, soviel war klar! M. wie Müßiggang und Matriarchat.

Anders als die anderen Vizepräsidenten des Hohen Hauses leitete der Bundesnarr nur eine Sitzung im Jahr. Das war ein Tag wie Kindergeburtstag oder Karneval, denn die Abgeordneten lernten sich neu kennen, wenn Klaus sie in Gruppen wie „Nashörner", „Einhörner", „Elefanten" einteilte. In einem Jahr hatte Klaus für die Oppositionellen Gruppennamen aus allen Epochen gewählt. Da traten „Neandertaler" gegen die „Schwarze Hand", die „Rote-

Armee-Fraktion" gegen die „Weiße Rose", die „Black Panthers" gegen die „Suffragetten" an. Es waren Achterteams. Denen wurden die unterschiedlichsten Aufgaben zur Lösung vorgelegt, die einer schließlich präsentieren musste, vor versammelter Mannschaft. Es gab auch Powerpointkaraoke, das war beliebt. Klaus musste eine Leinwand aufstellen lassen. Normalerweise wurde im Bundestag nichts visualisiert. Die Abgeordneten hatten zwei Minuten Zeit, sich auf ein zugeteiltes Thema vorzubereiten, zum Beispiel: „Toilettenpapier ist unhygienisch und unökologisch" oder „WhatsApp – wie funktioniert es?" oder „Braunkohle in Deutschland" oder „Die 50 Deutschen Schweizen – von Holstein bis Franken" oder „AI & Machine Learning Demystified". Die Abgeordneten erhielten eine fertiggestellte ppt-Datei, eine bildreiche Powerpointpräsentation mit etwa fünfzehn Slides (Powerpoint-Folien). Klaus und sein Team suchten diese zuvor bei einer freizugänglichen Online-Datenbank aus. Die MdBs erhielten das Thema und die Powerpointdatei fünf Minuten vor ihrem Auftritt, zur Blitzvorbereitung. Ein besseres Rhetoriktraining unter Realbedingungen inklusive Schnellfortbildung konnten sich die Volksvertreter nicht wünschen. Für Unmut und hohe Krankenzahlen während der Narrensitzung sorgte allerdings, dass sowohl die Abgeordneten selbst als auch die Zuschauer den Sieger wählten. Neben den Einzelwertungen gab es auch je eine Teamwertung.

Die Einschaltquoten der traditionell am 9.9. – als Wiedereinstieg nach der Sommerpause – stattfindenden Narrensitzung übertrafen mittlerweile die einiger Bundesligaspiele, es stimmten ebenso viele Deutsche für ihr BT-Lieblingsteam ab wie beim Eurovision-Songcontest anriefen. Es gab Public Viewings, und zwar nicht nur in Deutschland. „German Royal Playing", witzelten die Briten und fanden es herrlich, denn ihr nächstes Wedding lag in weiter Ferne.

Am Ende siegten zum Beispiel die „RAF" oder die „Einhörner" und jeder Teilnehmer der Gruppe gewann zusätzliche Redezeit im Parlament. Außerdem bekam das Siegerteam T-Shirts und einen Gutschein für eine gemeinsame Paintballsession oder einen Besuch im Escape Room, wo man zusammen eingesperrt wurde und sich befreien musste, indem man ein Krimirätsel löste. Aber diesen Gutschein verschenkten die Teams immer großzügig an ein Kinderheim oder einen Sportverein.

Beliebt war bei den MdBs hingegen, dass jedes Mitglied des Siegerteams im folgenden Jahr ein Thema und einen Gast für eine der Talk-Sendungen der Öffentlichen festlegen durfte und die Redaktion eine Woche lang bei der Vorbereitung der entsprechenden Sendung unterstützen durfte. Diese Sendungen waren oft zäh, sachorientiert und faktenlastig. Sie wurden mit einem kleinen „Einhorn" oder „Nilpferd"-Logo in der Ecke markiert, damit die Zuschauer wussten, dass diese Sendung zwar unter Aufsicht der staatsfernen Redaktion, aber unter tatkräftiger Unterstützung eines gewählten Volksvertreters entstanden war. Oft wählte der Abgeordnete sich natürlich selbst als Gast in die Sendung, doch der ein oder andere Gewinner verschaffte auch bisher nicht-gehörten Experten eine Plattform und rollte die Themen anders auf, als es TV-Journalisten gewöhnlich taten.

Nach drei Jahren gab es einen Knacks in Klaus' Regentschaft. Maren hieß die Dame. Praktikantin.

Klaus war unverheiratet. Maren dreißig Jahre jünger als er. Die beiden waren voneinander angezogen. Er hatte sich Hals über Kopf in die leidenschaftliche, attraktive junge Dame verliebt. Die Affäre hatte sich langsam entwickelt. Klaus und Maren waren vor ihren Gefühlen füreinander eine ganze Weile davongelaufen. Hatten einander bloß wohlwollend beobachtet. Im Kopf, jeweils für sich, weitere Schritte verworfen. Lieber blieben sie sensibel und vorsichtig. Ein geselliger Abend, mehr Alkohol, ein Mädchen, toll, jung, noch unverletzt; ein starker, ein bisschen weiser und einflussreicher Mann am Beginn seiner vierten Karriere. Maren war fasziniert von dem wilden Alten, neugierig. Sie ahnte nicht, wie machtlos er ihr ausgeliefert war. Die Anziehung war stark, besonders nach einer Flasche Wein im beschwingten Gefühl der großen Freiheit. Er konnte sie lieben und sie liebte vorbehaltlos zurück. Wo er nicht leichtfüßig war, da war sie es. Wo Klaus die Schwere erfasste, begegnete sie ihm mit liebender Naivität – einfach fürsorglich oder seinen Schmerz, den sie so gut verstand, weglachend. Es war wie Ein- und Ausatmen gewesen, so natürlich, wie es sein sollte. Sie hielt ihn – so, dass er durch und durch Bundesnarr werden konnte. Maren gab ihm jene Art von Liebe, die Klaus liebte und für die er lebte: unbedingte und angstfreie Liebe. Man spricht oft über ein Ungleichgewicht in der Liebe, vorher, nachher, währenddessen. Beide, besonders Maren, glaubten, durch das Darübersprechen das Ungleichgewicht aus ihrer Beziehung zu verbannen. Doch selbst, wenn man meint, über alles zu sprechen, bleibt das Unaussprechliche – allein, weil man es selbst nicht versteht.

Klaus war verbindlich, ehrlich und beide waren sehr glücklich. Es war eine Phase. Maren verliebte sich nach einem Jahr erst unglücklich, dann glücklich in jemand Neues. Jemanden, der Mitte zwanzig war, der vor den gleichen Problemen stand wie sie. Jemand, der sie zu lösen, der noch zu scheitern hatte wie sie. Als er einen kleinen Zettel auf seinem Schreibtisch zu Hause im Arbeitszimmer fand, war Klaus am Boden zerstört. „Mein Liebes-Klaus: Liebe existiert ohne den Klaus – aber der Klaus nicht ohne Liebe. Bleib tapfer. Ich hüpfe dankbar weiter, deine Maren."

Genau das: ihr Hüpfen. Sie hatte ihm gegeben, was er brauchte. Er hatte es genommen. Jetzt war er der Gefoppte? Nach der Trennung kam Klaus eine Weile als schwarzweißer Harlekin mit großen aufgeklebten Tränen unter den Augen ins Parlament. Niemandem fiel das besonders auf, denn wechselnde Verkleidungen waren ja Teil seines Jobs.

Maren hatte ihn bereichert und er ahnte, was er ihr verdankte, dass er – gerade in dieser Phase – genau diesen Rückhalt gebraucht hatte. Sie hatten diskutiert, gelacht und ihren Ärger über die Atom-, Auto- und Waffenlobby weggekuschelt. Und nun war sie weg?
    Klaus stürzte sich in die Arbeit, die er ebenso liebte. Der Schmerz verklang, und es wurde alles wieder gut zwischen Klaus und Maren.

Doch ein halbes Jahr später finden Spuren ihrer hellen kurzen Liebesgeschichte den Weg in die Öffentlichkeit. Schnappschüsse der beiden, im Hinterzimmer des Lokals eines Freundes, werden verbreitet. Es folgt ein Shitstorm, der alles zu zerstören droht. Brutal wird Maren öffentlich ausgeleuchtet – man guckt ihr auf der Straße hinterher. Sie ist am Boden zerstört. Der Bundesnarr, diese neue Institution, wird mit ihm in Frage gestellt. Klaus fällt zu dieser Tragödie kein Witz ein. Und so schreibt er einen melodramatischen offenen Brief an sein Volk:

„Liebe Bundesnarren und Bundesnärrinnen,
ja: wir alle! Närrisch. Maren war kein Fehler! Ich verleugne uns doch nicht! Es war kein Fehler, meiner Leidenschaft in diesem Moment nachzugeben. Einer Anziehung, die mich hat übersehen lassen, dass bestimmte Tabus fortbestehen. Lasst Maren in Ruhe – die Verantwortung liegt bei mir. Sie ist voller sprühendem Leben, voll klirrender Intelligenz – ich wünsche ihr, dass sie sich glücklich in die Welt trägt. Reduziert sie nicht auf meine Begierde, ihr Trottel! Lernt sie ganz kennen, wo immer, wie und wer immer sie gerade ist. Ihr habt das jetzt in der Hand. Lenkt euer verfluchtes Interesse auf die Anstößigkeiten, auf die feinen Disbalancen in den Beziehungen um euch herum, auf die, die euch angehen, auf die ihr Einfluss habt. Lasst Maren mit euren Skandalisierungen in Ruhe. Wir haben uns doch geliebt, es waren glitzernde Augenblicke – das bleibt. Und es geht euch nicht wirklich etwas an.
Mir war nur vage klar, dass ich dieses Liebe bei Frauen in meinem Alter zwar hätte haben können, doch dass es mir etwas abverlangt hätte, wofür ich mir bei diesem wichtigen Job als Bundesnarr keine Zeit einräumen konnte – wollte! Ich nahm die Liebe, wie sie kam. Danke Maren, danke für alles! It was: you too!
Es tut mir unendlich leid, was du jetzt durchmachst.
Ich danke ab, verlasse die Bühne, denn ich bin gestolpert und habe jemanden mitgerissen.
Ich tauche unter. Kann nicht mehr an euch glauben, nicht

mehr an mich glauben, nicht mehr für euch kämpfen – ich muss weg. Das Banale komplexisieren, anschließend kontemplatieren.

Ihr Narren!!
Küsse auf die Nüsse,
euer Klaus

Wahrscheinlich befindet sich Klaus nun im Tessin, doch wo genau ist zunächst geheim. Werner, sein bester Freund, ein Märchenerzähler, besucht ihn mit einer Kiste Rotwein unter dem Arm, mit den besten Intentionen, den bockigen Narren von seinem Thron der Weisen zurück auf den Boden der Tatsachen zu holen.

Werner versucht, ihm klarzumachen, dass da draußen eine gute Debatte in Gang gekommen ist, dass Marens Anteil, der der Unsichtbaren allgemein, jetzt sichtbarer geworden sei, dass er doch wiederkommen könne, weitermachen. „Ach, komm, Klaus", sagt Werner, der Märchenerzähler, zum Narren A.D: „Steh auf! Wir müssen regieren!" und schwingt dabei eine dicke Wurst, die sogenannte Narrenwurst, durch die Luft. Doch der weise alte weiße Mann findet, er habe getan, was er konnte, und müsse jetzt wieder das Werden und Vergehen im Kleinen beobachten üben. Er hat genug von den anderen Menschen. Glück sei Gott gefolgt und nun auch tot, verkündet er fröhlich. Das Glück der da draußen ist jedenfalls nicht mehr sein Problem. Klaus' Mitgefühl mit anderen wurde überstrapaziert: Er muss und will: Allein sein! Seine Ruhe haben, den Garten bestellen. Werners Besuch ist Klaus' letzte Prüfung.

Klaus und Werner betrinken sich entsetzlich, Klaus' Lachen schallt noch heute durch die Bergschluchten an jedem Jahrestag dieses letzten Versuchs, Klaus zurückzuholen. Klaus bleibt Denkmal. Dem „Tu' mal" ist er überdrüssig, und so trinken sie nochmal, schlafen ihren Rausch aus und löschen den Brand am Morgen mit Quellwasser, bevor Werner den Berg hinuntersteigt, halb gehend, halb kullernd. Er ist an einem Seil festgebunden, das Klaus anschließend wieder hochzieht und nie wieder hinunterlässt, um auch nur irgendeinem Menschen den Aufstieg zu gewähren. Einmal pro Woche bringt ein Knilch aus dem Dorf einen Korb Milch, den Klaus sich hochzieht. Ansonsten verbleibt er auf seinem Stein. Diese Schnur ist seine einzige Verbindung zur Welt, außer Werner und dem Knilch weiß niemand von ihr.

Schon nach einigen Jahren herrscht an dem großen Stein Trubel. Junge Männer aller Arten und Gattungen ziehen zu Klaus' Berg, um ihre Treue und Aufrichtigkeit unter Beweis zu stellen, jeder hoffnungstrunken, womöglich gar zu Klaus hinaufzukommen, zu schaffen, was niemand zuvor geschafft hat.

Der Liebes-Klaus-Berg: Je höher man kommt, desto wertvoller wird der Stein, den man für die Liebsten aus dem Berg hauen konnte. Höher, nur höher, desto edler wird die Liebe, desto loyaler, aufrichtiger, so wussten es die Verehrten landauf, landab. Und es ist ein Test. Würde die Kraft reichen, um die höchste Höhe zu erreichen, den schönsten Splitter aus dem harten Gestein herauszulösen? Wenn man richtig füreinander war, würde der Blick dorthin fallen, wo sich etwas lösen ließ.

Sie tragen Umhängetäschchen, gefüllt mit kleinsten Werkzeugen, scharfen Keilen und einem harten, schweren Hammer, damit kann man Diamanten zerschlagen. Der Hammer hat eine spitze Seite und einen außergewöhnlich langen Stiel für die richtige Hebelwirkung beim Herausstemmen des auserwählten Stückes. Die jungen Leute, die da zum Berg hinströmen, sehen urig aus. Sie wissen um die Unmöglichkeit, ihn zu erreichen, doch wie weit sie kommen, wie weit … und ob der Stein sich löst, darauf kommt es an, das beweist ihre Kraft. Das erst beweist die Kraft ihrer Liebe. Die Eheringindustrie heult, die Goldschmiede jubeln.

Und wenn sie nicht gestorben sind, dann lieben und kraxeln sie noch heute.

Lösung

Es wird ein neuer Bundesnarr gewählt.

Produktivität

Es war das dritte Mal, dass er diesen Prokrastinationsworkshop besuchte. Vor zwei Monaten war er das letzte Mal hier gewesen. Zwei Monate, in denen er tatsächlich nichts erreicht hatte, nichts in die Tat umgesetzt hatte, was er an seinen Leben hatte verändern wollen. Nichts. Gar nichts. Schon wieder.

Paul hatte alle Selbstoptimierungsbücher des letzten Jahrhunderts gelesen, er hatte jede App, die Konzentration und Fokus versprach, ausprobiert, also okay, zumindest fünf mit einem semiseriösen Anspruch, für sieben Tage am Stück. Er hatte einen Zenmeditationskurs in der Schweiz besucht, er ließ sich aufs ADHS-Syndrom testen, negativ. Aber natürlich probierte er Ritalin trotzdem.

Paul war nur noch einen klitzekleinen Schritt entfernt, war an der Grenze, am Ende. Er war so nah dran an einer Depression, dass er kurz davor war, an all das nicht mehr zu glauben. An den ganzen Mythos vom verfluchten Wachstum. Wachstum, wie in: Wirtschaftswachstum, Persönlichkeitswachstum, Muskelwachstum, as in: self-growth, as in: growing old, as in: growing weed. Er war verdammt nah dran an dieser Grenze. Normalerweise startete er jeden Anlauf mit neuer Hoffnung.

Er ist dann komplett erfüllt davon. Von dieser Hoffnung. Er wird selbst Hoffnung. Paul leuchtet dann für all die Neuerungen, die sich ergeben werden, für alle Veränderungen, die er bald in seinem Leben verwirklichen wird.

Jeder neue Ansatz erfüllte ihn, Sport, neue Wohnung, neue Freundin, neue App, neue Idee, neue Motivation. War er abhängig? Hope clearly comes from Dope. Oder war es sogar umgekehrt? Paul steckte alle Energie, die er übrig hatte, ins Hoffen. Paul rang mit allen möglichen Zweifeln, er war sogar besorgt, dass seine beste Energie auf diese Weise komplett absorbiert würde. Dass ihm gerade das Hoffen die entscheidende Lebensenergie entzog. Jedes US-amerikanische Buch, das ihn größer und größer machte, jeder motivierende Medium-Artikel, jeder TED-Talk da draußen saugte ihn aus. Ging es bei all dem nicht eigentlich eher um das machtvolle Gefühl der Hoffnung, der Aussicht auf etwas als um tatsächliche Veränderung? Eine kollektive Abhängigkeit, zusammen zu hoffen?

Paul erdachte diese durchaus plausiblen, kausalen, aber womöglich klinisch relevanten Zusammenhänge öfter in letzter Zeit, es brachte ihn näher an die Grenze. Er war in Berlin, das lag weiterhin in Deutschland, die Gefahr des gemeinsamen Erblindens lag hier noch in der Luft.

Als er von den anonymen Treffen der Prokrastinatoren hörte, einer Selbsthilfegruppe in Neukölln, war es nicht mehr unschuldige Hoffnung, die ihn dort hintrieb. Er hatte die kollektive Illusion namens Hoffnung in sich so gut wie ausgelöscht, sicherheitshalber. Was ihn zu den Treffen gehen ließ, waren schlicht die anderen: andere leidende Menschen. Manche in der kleinen Runde litten tatsächlich, das war Paul nicht entgangen.

Er betrat das Studio, irgendwo auf der unteren Hälfte der Sonnenallee. Es wurde gewöhnlich als Yoga- und Meditationszentrum genutzt. *Yellow Yoga*. Paul ließ seine Schuhe draußen im Treppenhaus stehen, in einem Schuhregal, das ohne Weiteres die Schuhe von zwanzig bis dreißig Menschen beherbergen konnte. Jetzt standen dort drei Paare, also sechs einzelne Schuhe. Er war früh dran. Normalerweise war Paul niemals früh dran, aber es ging ihm sehr schlecht.

Es ging Paul so schlecht, dass sich umzubringen nicht mal mehr eine Option war. Es wäre kein Problem für ihn, es zu tun (nahm er an), aber er hatte schlicht kein Interesse oder gar Motivation, sich umzubringen. Und es brauchte ja schon etwas Planung und eine Ausführung, wollte man sich das Leben nehmen, und mindestens den Willen zum Sterben. Paul war angeekelt und gelangweilt von sich selbst. Sich umzubringen, wäre schlicht noch langweiliger und noch ekliger gewesen. Paul platzierte seine Schuhe sorgfältig. *Aufmerksam sein …*

Der Glaube an Sorgfalt, an die Konzentration auf die kleinsten Details war das einzige, was Paul noch aufrechterhielt. Und so ging er sehr vorsichtig durch die Tür. Eine sehr große und alte Tür. Eine dieser Türen, über die Adorno (und Paul) dachten, sie seien prinzipiell die einzigen Türen, die man aushalten könne. Eine breite Flügeltür aus sorgfältig verarbeitetem Holz, drei Meter hoch. Kleinere billigere Türen, also moderne Türen, waren der Anfang vom Ende der westlichen Kultur, davon war Paul fest überzeugt. Dies hier war eine alte Tür, mit Flügeln im Deutschen oder eine französische Tür, wie es im Englischen hieß, sie war aus einer Zeit, als das Abendland noch nicht korrumpiert war. Damals, als Menschen noch Wochen und eine Menge Geld investierten, um eine einzige schöne Tür herzustellen, eine, die mit den Generationen durch die Jahrhunderte ging und die Paul auf diese Weise jetzt etwas gab, an dem er sich festhalten konnte. Eine wunderschöne Tür! Er konzentrierte sich darauf, ihre Schönheit wahrzunehmen, während er sie sorgsam öffnete und hinter sich schloss. Der wohl um 1870 gefertigte, weiße, von Messing gefasste Keramikgriff lag schwer und angenehm in der Hand. Paul bemerkte noch etwas anderes als die schöne Tür: Es war niemand im Raum.

Reue, überhaupt hergekommen zu sein, wuchs in ihm. Er hatte plötzlich keine Ahnung mehr, wieso er hier war.

Er war früh dran. Paul lief durch den großen Vorraum, der nur mit einem kleinen Tisch möbliert war. Hier saß eine Person, die die Praktizierenden begrüßte und auf eine sehr warme und freundliche Art nach den Kursgebühren fragte, mit einem spirituellen Lächeln. Es war so unheimlich nett hier. Man ließ Yoga-Teilnehmer gar selbst entscheiden, wie viel sie geben konnten. Ein abscheulicher Ort, bis oben gefüllt mit der Lüge des urbanen Lebens,

Idealisten kreierten hier ein Fake-Erlebnis, machten aus der Welt einen guten Ort, der er einfach nicht war. Bevölkert von Kunsthochschulsnobs, die die Polizei und die Hausverwaltung riefen, sobald ein Obdachloser sich auf der Treppe einpinkelte und einschlief, damit die sich bitte schnell darum kümmern sollten, während sie selbst immer gerade dringend noch einige wichtige E-Mails beantworten mussten. Welche andere Definition von Fake könnte es geben? Und niemand, der bedürftig genug gewesen wäre, mindestens fünf Euro für eine Stunde Yoga zu bezahlen, wagte sich jemals in das Studio mit den schönen Gründerzeitdetails vor. Warum schufen Menschen künstlich solch eine Umgebung des Scheins? Pauls Ekel war unendlich und schwer zu ertragen. Und wieder war er zu wertend. Aber wer um Himmels willen konnte denn so eine verlogene Atmosphäre aushalten oder gar genießen? Paul versuchte ein- und auszuatmen, sich auf die geschmackvoll auf dem Flohmarkt ausgewählten Gegenstände zu konzentrieren. Die amüsante Kasse auf dem kleinen Tisch mit der alten Holzplatte und den gusseisernen Beinen. Auf dem Fensterbrett die Pflanze mit den runden Blättern und den vorwitzigen langen Stilen, die das runde Blatt in der Mitte festhielten, und die bunte Kette mit übergroßen Holzperlen daneben. Das dezent kleine Schwarzweiß-Foto, mit einem Motiv aus der Zeit, als das mit der Fotografie gerade erst begann, klebte, ohne Rahmen, direkt an der hohen, glattverputzen Wand.

Ästhetische Details zelebrieren und erhalten den Fake, einfach, indem sie schön sind. Schönheit, warum war ihm die nicht genug? Er ging an den Umkleiden vorbei. Ihm kam die Idee, sich umzudrehen, wegzugehen, eine Zigarette in dem schön dreckigen Hinterhof zu rauchen und nie wiederzukommen. Paul hätte womöglich die Meetings in den letzten zwei Monaten besuchen sollen, vielleicht hatte er durch seine Unterbrechung den Zugang verloren. Was machte er hier? Hier zu sein, das war der eine Fehler. Der eine falsche Kompromiss, der ihm für immer anhängen würde. Ihn jetzt schon verfolgte.

Paul betrat den frisch abgeschliffenen Holzboden, in dem etwa vierzig Quadratmeter großen Kursraum. Gegenüber der Eingangstür gab es einen Kamin, in dem ein Feuer flackerte. Den Raum zu betreten beruhigte ihn ein wenig, die Atmosphäre hier war überraschend sanft. Ein Zimmer zu betreten, in dem andere Menschen waren, hätte normalerweise seine Ängste verstärkt. Ein intensives Gefühl, auf dem falschen Weg zu sein, hätte sich zu seiner Grundnervosität dazugesellt. Doch der helle Raum mit den breiten Dielen schien die in ihm wachsende Spannung zu absorbieren und beruhigte ihn. Ein magischer Raum. Paul schloss für einen Moment Frieden mit der künstlichen Schönheit. Er ging vorsichtig weiter, akzeptierend. Und sah die Menschen, ihre Gesichter: Drei Leute standen zu seiner Rechten, nah an dem großen Fenster. Er zögerte nicht und lief direkt zu ihnen hinüber. So machte man es doch? Ein Gesicht kam ihm bekannt vor. Wie war noch ihr Name? Angi? Irgendwas mit einem A, da war er sicher. Amina? Alina! Alina? Die Gruppe reagierte nicht auf Paul, als er sich ihr näherte, aber sie war auch in eine intensive Diskussion vertieft. Der Typ in der Mitte des kleinen Kreises lächelte nun und guckte verbindlich in Pauls Richtung. Das Mädchen, das gerade sprach, wurde leiser und ließ dem Typen, der aussah wie ein Tobi oder ein Mark, den Vorrang. Der freundliche Mark/Tobi begrüßte Paul: „Hey, nice to see you." Pause. „… again?" – „Ja, hallo, ich war zwei- oder dreimal hier, vor einigen Monaten." Alina (oder wie auch immer ihr Name war) guckte Paul aufmerksam in die Augen und lächelte: „Heeeeey, Paaauuul. Great you're back!" Sie war so eindeutig Australierin wie sie ihre Berlin-Karriere als Tourguide begonnen haben musste, wobei sie mit unversteuertem Touristen-Trinkgeld sicher mehr verdient hatte als jemals danach. Sie dachte wahrscheinlich jeden zweiten Tag darüber nach, dahin zurückzuwechseln, da sie vom Yogaunterricht und ihrer Kunst immer noch nicht leben konnte. „Alina", nuschelte er und hoffte, dass, sofern dies nicht ihr Name sei, ihn auch niemand verstanden haben würde. Mit dem Nuscheln verschwand sein letztes Selbstvertrauen. Alina lachte laut und warm: „Ha! That's right, I'm Alina. Nice to see you again!" Sie guckte zu dem Typen, der sich, immer noch herzlich und hilfsbereit, als Erik vorstellte. „Hi. I'm Kat and I'm here for the first time today", sagte die

Dritte in der Runde und lächelte eins dieser Lächeln, die sich ein bisschen wie Honig anfühlen. Das Selbstverständnis, mit dem Frauen unnötige Informationen teilten, sogar Sachen sagten, die ihren eigenen Status verringerten, nur damit sich jemand anders wohlfühlte, war verwunderlich, noch verwunderlicher war, dass es wirkte. Kat war hochprofessionell, Alina war auch nicht schlecht und Erik, naja, er schien zu üben. Paul ging es besser. „Just by the way, as this is an A-Meeting, are these your real-world names or pseudonyms?", fragte er. Alinas Lippen bewegten sich an den Mundwinkeln auf eine verständnisvolle Weise leicht nach oben, ganz so, als hätte sie die nuancierte Ironie in seiner Stimme wahrgenommen. Sie schaute in Eriks Richtung, der antwortete: „Why is this important?" – „No, no, oh, just curiosity, to understand a little better how we play here." Alinas Lippenbewegungen wurden etwas heimlicher, so als würde sie Pauls aufdeckende Art mögen, als seien sie auf der gleichen Seite und bewahrten beide gerne eine kritische Distanz zu allem. Das verbündende Lächeln war wie ein Vorbote für Alinas Rolle in Pauls Leben.

Zwei weitere Menschen betraten den Raum und zogen die Aufmerksamkeit auf sich. Sie winkten zur Begrüßung hinüber und nahmen sich Sitzkissen aus der Yoga-Equipment-Ecke.

In den nächsten Minuten betraten um die zehn weitere Hipster, Möchtegern-Hipster und Hipster-Hasser, die alle gleich aussahen, den Raum. Sie bildeten nach und nach einen Sitzkreis inmitten des großen hellen Raums. Die Vierergruppe am Fenster löste sich auf, Alina, Kat und Paul holten sich ebenfalls Kissen. Erik ging direkt zu den Neuankömmlingen und ließ sich auf sein Kissen nieder, das bereits so platziert war, dass er mit dem Gesicht zur Tür und dem Rücken zum Feuer saß. „Welcome und willkommen, liebe Prokrastinierer! What a wonderful evening to come together, thanks for coming and congratulations for making it", begann Erik, nachdem alle ihren Platz gefunden hatten. Erik guckte mit warmem Blick und forcierter Präsenz umher und stellte einmal kurz Augenkontakt mit jedem der etwa vierzehn Teilnehmer im Sitzkreis her. Paul bemerkte, was Erik hier tat. Erik hatte sich als Autorität installiert. „I would like to start with one of our quick rounds, your name and your favourite excuse this week." Sein Blick glitt hinüber zu der Frau, die ihm im Kreis gegenüber saß. „Finu, would you like to begin?" Sie nickte. „Fiona, or Finu, and my favourite excuse this week was basic inability, caused by back pain, mainly." Es ging im Uhrzeigersinn herum. „I'm Marina, and my excuse this week was laziness, as a character failure, ever and forever – I can recommend this one. It always works. It gets you down twice and double, if you end up being lazy, you prove yourself right." Manche lachten. Dies setzte sich fort und Pauls Bedenken über die völlige Idiotie dieser Veranstaltung verstärkten sich, während er über seine Lieblingsausrede und etwas Lustiges, das er sagen könnte, nachdachte.

Er war dran. „Paul", sagte er kalt. „Das ergibt keinen Sinn." Die tiefe Ernsthaftigkeit seiner Worte und seiner Stimme erzeugten eine neue Qualität der Stille. Alle guckten ihn an. Paul guckte aus sich heraus, zurück in den Kreis der Prokrastinierer. „Ich, das hier und ihr auch nicht!", fügte er mit überzeugender Bitterkeit hinzu. Erik war unwohl, er vertraute Paul nicht. Niemand sagte etwas, jemand machte ein Geräusch, das wie ein verschämtes Lachen klang. Paul drehte sich zu der Person zu seiner Linken. Alle geforderten Informationen hatte er mitgeteilt, pur und ehrlich, er war fertig, der nächste an der Reihe. Alina, diejenige zu seiner Linken, brach die Stille. „I'm Alina", sagte sie in neutralem, unangepasstem Tonfall, „I'm beyond excuses. I simply don't do anything. And I simply give a shit." – „Warum ist sie denn dann hier?", schoss es Paul durch den Kopf. Das ist doch der Traum. Doch es war nicht wahr. Sie gab an. Erstens sah sie ganz gepflegt aus, so, als würde sie einigermaßen für sich sorgen und nicht als pinkle sie in Geschirr, das den Boden ihres Zimmers bedeckte. Zweitens, wenn es wahr wäre, dann wäre sie eben nicht hier.

War es möglich, dass sie auf ihn reagiert hatte? Hatte sie ihn schlicht gespiegelt, ihm auf eine liebevolle Art eine leichte Variante seines Vortrags vorgeführt? Paul war überwältigt von der offensichtlichen Tiefe ihrer Empathie und der kreativen Stärke ihrer Intervention. Alina war ignorant und fürsorglich. Gefährlich. Wie ein Geist mit sehr sichtbarer Blutzirkulation. Das Palaver der Gruppe ging weiter. Ohne Paul, er träumte sich weg. So etwas kam sonst nicht vor. Er nahm an, soziale Situationen würden seine volle Aufmerksamkeit und alle seine analytischen Fähigkeiten erfordern. Dass die meisten Menschen nur ihren unverbundenen Gedanken folgten, ohne auf alarmierte Weise präsent zu sein, war Pauls traumatisiertem Gehirn nie aufgegangen. Dass so etwas Einfaches wie gemeinsame Entspannung existierte, war der blinde Fleck seiner Perspektive. Und so enttäuschten ihn auch die meisten Menschen, weil sie die kleinen Zeichen nicht bemerkten, mit denen er zu ihnen sprach, die diskreten vorbewussten Signale, die er bei anderen in der Tat spürte, einfühlsam analysierte und einordnete. Sodass er die Anliegen seiner Mitmenschen erfüllte, bevor sie selbst bemerkten, dass sie welche hatten und welche das waren.

Doch in diesem Moment war Paul gefesselt von Alina, sie hatte ihn sichtbar gemacht, wie hatte sie das angestellt? Er sah sich selbst auf einmal anders, Paul fühlte sich neu.

Die nächste Übung ging an ihm vorüber, er war nur physisch präsent, dabei hatte er diesen gedankenverloren Blick, in den du dich unweigerlich verliebst, wenn du ein vierzehnjähriges Mädchen bist und dich in deiner Klasse umguckst, auf der Suche nach jemandem, der genauso sensibel und gelangweilt ist wie du selbst. Störe niemals jemanden in diesem träumerischen Zustand. Es ist eine unverzeihliche Sünde, genauso wie ein schlafendes Kind zu wecken.

Die Sünde ging auf Mary an diesem Tag. Eine unbeabsichtigte Sünde wie es die meisten ernsthaften Sünden sind, unglücklicherweise. Mary brachte Paul zurück in die Gegenwart. Ihre leicht gekünstelte Stimme und das, was sie vortrug, drang sogar durch Pauls Wände. Er war wieder da und es war nicht sehr gut. Was Mary präsentierte und vorschlug, war zu viel für Paul.

Mary erzählte der Gruppe von einer Operation, die sie hatte machen lassen, vor vier Monaten. Sie war eine der frühen Mitglieder der Selbsthilfegruppe, die um ihre Produktivität kämpfte. Niemand hatte von der Operation gewusst. Mary sprach kristallklar, selbstbewusst und ohne die geringste Unsicherheit, ohne jedes versteckte Betteln um Bestätigung. Mary war überzeugend, Paul bekam Angst.

Mary war Teil einer Studie der „Berlin School of Mind & Brain", einer interdisziplinären Institution, in der Neurowissenschaftler mit Sozial- und Geisteswissenschaftlern zusammenarbeiten, um herauszufinden, wie das Gehirn funktionierte. Die „School of Mind & Brain" gehörte zur Charité, einer der führenden medizinischen Forschungseinrichtungen in Deutschland, und zur Humboldt-Universität. Das Hirn-Institut hatte Verbindungen zu Unternehmen etabliert, um anwendungsorientierter zu forschen und um sich zu finanzieren. Etwas, worum keine Forschungseinrichtung in diesen Tagen mehr herumkam. Neue Grundlagenforschung über depressive Stimmung, intrinsische Motivation und Ängste hatten eine anwendbare Technologie ermöglicht, welche sie momentan in einer bis gestern geheimen Gruppe von Freiwilligen testen ließen. Mary erzählte mit fester Stimme von einer kleinen Gehirnoperation, die sie erhalten hatte. Ihr war ein Implantat eingesetzt worden.

Mary wirkte so fokussiert, als sei sie irgendwo ganz anders. Als Paul den ersten Schock verwunden hatte, gab er ihr den Namen AI-Zombie. Mary the AI-Zombie.

Mary the AI-Zombie behauptete, nun transhuman zu sein, ein optimiertes menschliches Wesen. Sie war stolz. Es ginge ihr besser. Viel besser. Der kleine Chip in ihrem Gehirn stellte sicher, dass die Level von Serotonin, Dopamin und den beiden anderen Neurotransmittern, die entscheidend waren für Stimmung und Motivation, konstant überprüft und an ihre Bedürfnisse angepasst wurden. Sie erhielt sogar „Mood Gifts" an bestimmten Tagen, zum Beispiel an ihrem Geburtstag. Neuropeptid, das Geschenk der Zukunft. Oxytozin für die schnelle Geburt, Bindung und Vertrauen war der Tulpenstrauß von der Tankstelle. Mary erhielt über eine Handy-App Einblicke in ihren

Transmitterspiegel, mögliche „Boosts" und auch Verlaufsreporte der letzten Wochen und Monate. Das Handy sage ihr jetzt biochemisch fundiert, wie es ihr jeweils ginge und warum. Bald seien auch In-App-Käufe möglich, gerade würden die Preise ausbalanciert und das Entwicklerteam suche noch eine ethische Linie zwischen medizinisch Notwendigem und dem persönlich Gewünschten. Mary könne alle Features noch frei nutzen, sie habe ein festes Budget in der Testwährung und probiere zur Zeit alle Funktionen des Chips aus. Sie werde sehr gut bezahlt für die Teilnahme an dieser Studie, die streng überwacht werde. Mary stammte aus Indien. Sie wirkte wie ein Guru. Alle Augen waren auf sie gerichtet. Jeder versuchte, die alte, schüchterne Mary, die sie vor ein paar Monaten noch gewesen war, mit dieser selbstbewussten, inspirierenden Frau zu verbinden.

Kat fragte, wie das denn ginge, Experimente an Menschen seien doch strikt verboten. „Zumindest in Europa", wurde in Richtung Mary entschuldigend hinzugefügt. Es war schließlich bekannt, dass europäische und amerikanische Pharmafirmen ihre neuen Medikamente in Indien testen ließen – aus Kostengründen. Mary erklärte, es sei kein richtiges Experiment, sondern eine Behandlung, sie wäre Teil der Testgruppe für eine neuartige Therapieform bei chronischen Depressionen, schwerwiegenden Konzentrations- und einigen Persönlichkeitsstörungen. Sie könne das nicht genau erklären, doch es gäbe fundamental neue Entdeckungen darüber, wie das Gehirn funktioniere. Nachdem die saubere Isolation der einzelnen Transmitter möglich geworden war, wurden eindeutige Zusammenhänge zwischen diesen Erkrankungen erkannt, sodass ein gezieltes Einstellen der Transmitter in Verbindung mit neuen Wirkstoffgruppen nun möglich sei. Ja, die Forschung befände sich noch in einem frühen Stadium, doch die Korrelationen in Tausenden von Fällen seien eindeutig und sehr ermutigend. Mary verstehe die Nachfrage auch nicht ganz. In ihren Augen sei das Leben selbst doch ein Experiment am Menschen und, wenn es ihr besser ginge und sie damit nebenbei einen Beitrag dazu leistete, dass anderen Menschen bald besser geholfen werden könne, dann sehe sie darin kein Problem, sondern finde es großartig. Es gebe so viele Menschen, die sich aus Begeisterung über die Möglichkeiten von Bioimplantaten selbst Chips und Sensoren einsetzen. Sie sei sehr froh, dass sie an dieser bahnbrechenden Studie einer renommierten Institution teilnehmen dürfe. Es ginge immerhin nicht nur um Sinnessensorik wie bei diesen Cyborg-Leuten, die sich Nachtsichtaugen zulegten, sondern um das ganze Gehirn, das wäre doch grundlegend. Als Mary von da Vinci anfing und ausführte, wie dieser früher heimlich die Leichen ausbuddeln und aufschneiden musste, wurde sie von Alina unterbrochen. Ob sie denn irgendwelche Nebenwirkungen habe, fragte sie.

Mary sagte nach einem kurzen Zögern, es gäbe da höchstens diese eine Sache, über die viele besorgt seien, doch sie selbst habe keinerlei Probleme damit. Es sei nämlich so, dass man keine Ideen mehr habe.

„Für mich ist das der Erfolg der Behandlung schlechthin. Ich kann mich endlich um die wichtigen Themen kümmern, ohne die ganze Zeit von all meinen Gedanken abgelenkt zu werden, mit denen ich einfach nicht in der Lage war, umzugehen. Dauernd tauchten neue Verbindungen auf, so anstrengend, die Welt ist doch schon chaotisch genug. Ich habe es nicht mehr ausgehalten, es war eine riesige Erleichterung für mich. Wie Tinnituspatienten, die immer so ein Piepsen hören, so war es eben mit den Gedanken und den Ideen in meinem Kopf und jetzt, jetzt ist es endlich still. Ich bin so glücklich." Sie sprach klar und überzeugend. Jeder im Raum hing an Marys Lippen und einige waren sichtlich interessiert. Paul hatte aufgehört zu atmen.

Und da war er wieder, hilf- und hoffnungsloser als je zuvor. So leer wie man nur sein konnte, wenn man berücksichtigte, wo er lebte. Wohlwissend, er sollte glücklich sein, schlicht glücklich, dass er auf der sonnigen Seite der Zivilisation, der Erde geboren worden war. Sein Pass allein war Grund genug, vor Sonnenaufgang mit dem Tanzen zu beginnen und nicht aufzuhören, bis sie unterging. Er sollte aufhören, sich Sorgen zu machen, diese offensichtliche Dummheit, die Unterdrückungen, Manipulationen, all diese kleinen Details, die schiefliefen zurzeit und die ihm riesengroß erschienen. Doch das, was er an sich selbst als feinfühlige und tiefgründige Empathie betrachtete, war womöglich auch nur Egoismus? Ja, es war – nein, es war nicht – es war völlig egal. Die anderen konnten von ihm aus egoistisch sein und an sich selbst denken, er war halt anders. Mary ging es jetzt viel besser. VIEL BESSER. Was konnte er da schon sagen?

Was wäre denn, wenn er, Paul, beginnen würde, auf den Berg zu steigen, den seiner eigenen Wahrnehmung. Der Berg war hoch, unbezwingbar, und wurde mit jedem Tag, den er nur hinschaute, größer, er wuchs gemeinsam mit der Verzweiflung. Würde er es schaffen?

Was würde passieren, wenn er es hinbekäme, dass Menschen ihm zuhörten, was würden sie sagen? Sie würden sagen, dass sie nicht weiter mit seinem Standpunkt belästigt werden wollten, seine Sichtweise sei zu schmerzhaft. „Du bist deprimiert, du bist selbst arm dran, hör' auf, dir Gedanken zu machen, krieg' deinen Krempel auf die Reihe, hör' auf, die Dinge zu verlangsamen und zu verkomplizieren mit deinen überkritischen Kommentaren und Fragen. Siehst du Leute in Not? Hilf denen oder hilf dir selbst. Guck', wir sind hier um eine gute Zeit zu haben, geh', kämpfe, aber hör' auf, so viel nachzudenken. Geh' raus, date jemanden, aber bitte hör' auf, uns zu beschweren, Paul."

Ja, was?? Ganz genau so würde es kommen! Und wenn sie es nicht sagten, würden sie es denken.

Wieder. Diese Gruppe, die Menschen hier, waren doch eben noch seinesgleichen gewesen, und nun stellte sich heraus, dass sie die tatsächlichen, die allerdümmsten Deppen waren, schon wieder, schon wieder. Oder war das Problem er selbst? Seine Unfähigkeit, für seine Position einzustehen? Wo anfangen, wenn alles, womit er konfrontiert wurde, Menschen waren, die nicht hören wollten, was er sah, so lange er es nicht in einen Witz verpackte?

Sein Blickwinkel war sein Geschenk. Niemand, einfach niemand – außer Paul – hatte eine Ahnung, was hier ablief. Was hier wirklich ablief.

Alina hatte sich verliebt in Paul, in seine hellwachen Augen und den schnellen, kritischen Blick, der von so vielen, ihr verborgenen, Details angezogen wurde. Sie spürte, wie er sich anstrengte, die feinen Beobachtungen in sich zusammenzufügen, zu einem stimmigen Bild. Alina wollte ihn kennenlernen. Ein Kribbeln von oben bis unten verriet ihr, dass sie sehen wollte, was Paul sah, unbedingt. Sie wollte ihre Weise zu sehen vorsichtig mit seiner verbinden, wollte mit ihm um ein Bild ringen, es zusammen einfärben, scharfstellen, weichzeichnen, herauszoomen und heran. Sie sah ganz deutlich, wie sein irritierter Blick in den Gesichtern der anderen nach Antworten suchte, und sie spürte wie aufregend, kribbelnd lustig und tragisch-komisch das werden würde, ihre

Beobachtungen ineinanderzuschieben, zusammen zu sehen.

Liebe ist stärkend. Aber er bemerkte es nicht, während er von seiner Wut überwältigt das Treffen verließ. Er verließ die Runde, ohne seine Bedenken über die von der Pharmaindustrie entwickelten Hirnchips jemandem mitzuteilen. Was sollte das denn auch bringen? Sie waren ja selbst nur arme Opfer. Er ging. Er war so sauer, als er sein Fahrrad aufschloss, dass es ihn zwei lange Minuten kostete, es loszubekommen. Das Schloss nun wieder am Rad zu befestigen, war die nächste Herausforderung und sein Zorn half nicht dabei, die Angelegenheit zu beschleunigen. Und dennoch war er zu schnell für das Wunder.

Seine Aggression verwandelte sich in leere Einsamkeit, als er die Sinnlosigkeit seiner Flucht erkannte. Als er realisierte, wie allein er mit seinem Ärger und seinen Gedanken war und dass er, Paul alleine, sich selbst nur noch weiter isolierte. Er kreiste um sich, wurde einsamer und einsamer und immer unfähiger, irgendeinen seiner Gedanken auf eine Weise mitzuteilen, die mit irgendwem resonierte. Paul war unfähig, sich daraus zu befreien, aufzuhören, er fühlte sich schuldig. Entweder war es seine Schuld oder die Welt war nicht für ihn gemacht. Beide Varianten ließen nicht viel Spielraum für eine andere Zukunft, für Veränderung. Dabei war er doch der einzig Rationale, der letzte rationale Mensch auf dem Planten, ganz offensichtlich. So einfach und so sinnlos. Paul hätte Mitgefühl mit sich selbst haben können, hätte beginnen können, für sich zu kämpfen, er hätte jemanden um Hilfe bitten können. Stattdessen radelte er davon.

Weiterhin geschockt von dem, was gerade passiert war, konzentrierte er sich auf seinen Lenker, auf die starken Erschütterungen, den harten Asphalt unter ihm. Paul war sehr schnell, die Luft war kalt und das Atmen sowieso nicht so leicht. Schneller, heraus aus dieser Gehirnkurve, weg von Schuld, Wut, nur weg von all diesen anderen Menschen. Er fuhr die Sonnenallee hinunter und links in die Wildenbruchstraße hinein, um zum Kanal zu kommen. Direkt nach Hause zu fahren, kam nicht in Frage. Sauerstoff und Adrenalin waren, was er jetzt brauchte, das war sein ganz persönlicher Weg, Neurotransmitter auszubalancieren. Da war plötzlich Energie, die eben noch fehlende Motivation.

Die Runde war irritiert von Pauls plötzlichem und unerklärtem Verschwinden gewesen. Er war aufgestanden nach Marys letzter Antwort. Als Alina realisiert hatte, was passiert war, sprang sie auf und rannte ihm nach. „Paul, Paul, what's up?" Doch sie war zu spät. Er hörte sie nicht, wollte überhaupt nichts mehr hören. Paul war bereits auf seinem Rad und fuhr sehr schnell auf dem Bürgersteig tiefer hinein nach Neukölln. Die Fußgänger mussten zur

Seite weichen, als er vorbeiraste. Sie drehten sich um, guckten ihm verärgert nach. Eine alte Dame mit furchterregender Stimme brüllte eine unerwartete Beleidigung. Paul, mit seinen Kopfhörern, hörte nichts, er schien nicht mehr auf die alte übervorsichtige Weise zu existieren. Alina schaute ihm auf der Sonnenallee hinterher, besorgt, sie fragte sich, wie sie zu ihm durchdringen, wie sie ihn erreichen könnte. Sie rannte wieder hoch, warf Mary raus und erlaubte es ihr nicht, Flyer für das Programm zu verteilen. Alina bemerkte nicht einmal, dass sie hier nicht verantwortlich war. Erik sagte nichts. Sein Glück. Sie schnappte ihre Tasche aus der Umkleide und rannte erneut die Treppe zu ihrem Fahrrad herunter. Sie fuhr den gesamten Weg bis zum Richardplatz – hier wohnte er doch? Sie hielt Ausschau nach seinem kleinen gelbweißen Fahrrad, seiner grünen Jacke, seiner nervösen, schnellen Art zu fahren. Alina befragte den Pulk an den Tischtennisplatten, ihn beschreibend, ob sie ihn gesehen hätten. Hatten sie nicht.

Alina fuhr zurück Richtung Sonnenallee, überquerte die Straße am Pavillon neben dem Minigolfplatz.

Der LKW, irgendwas war passiert. Die Leute verhielten sich merkwürdig. Schneller. Sie sah zuerst sein Rad. Ihres fiel um, als sie zu ihm rannte. Seine Augen, er war schwach. Wie er sie anschaute – friedlich, sie langsam erkennend. Sie legte den Arm um ihn, nahm seinen Kopf nah an ihre

Schulter und legte sich neben ihn auf den Asphalt. Alina ignorierte die Leute, die eindringlich kommentierten, sie solle von ihm weg, vorsichtig, seine Wirbelsäule, sie solle nicht.

Sie drückte ihren Kopf näher an seinen und schaute ihm in die Augen. Unendliche Klarheit blickte zurück zu ihr. Paul sah Alina, ihn sehend, tiefer und tiefer, sein Blick, die Zeit, zog und zog, stand und zog, sie fiel hinein, ineinander, tiefer und tiefer, war da, bei ihm. Seine Augenlider glitten langsam herunter, er schloss sie jetzt und öffnete sie nie wieder.

Lösung
LKW-Verkehr in Städten wird verboten.

Mutterlied

Larissa hatte sich für Davin entschieden. Sie wollte schon immer die Dinge richtig machen, gut sein. Davin würde der Vater ihrer Kinder werden. Sie: die junge Mutter. Eine Schönheit, ein Vorbild, ein Ebenbild für die Zukunft wollte sie sein. Sie war klug und privilegiert genug, um das zu werden. Es hieße, nicht nur zu leben, es hieße, für etwas zu leben. Das gab den Dingen Gewicht und machte sie einfacher.

Larissa war schwanger. Schwanger mit einem neuen Menschenkind. Ein Menschenkind, das sie bald in diese verworrene Welt hineingebären würde. Sie war unter den ersten in unserem Freundeskreis, die ein Kind bekommen, die Mutter werden würde. Larissa war keine große Frau, sie war zierlich. Sie bewegte sich sexy, bewusst feminin. Ihre Bewegungen glichen einer Erpressung. Es war unmöglich, sich ihr zu entziehen. Wahrscheinlich liebte ich sie. Ich verstand sie nicht, ich hasste sie, war neidisch und liebte sie doch nur tief. Vielleicht fand ich aber auch nur ihr Gebaren nervig und unnötig. Oder war es einfach ihre gewisse Künstlichkeit, die mich immer wieder gegen Mauern rennen ließ? Die immer wieder neu um Nähe bat und dann doch nur eine undurchdringliche Klarsichtfolie war, an der alles abperlte, die zunächst transparent schien und sich doch nur spiegelte – wie an einem schwarzen Lackfetisch-Outfit. Es hatte seinen Reiz, war aber irre unbefriedigend.

Larissa nahm ihre Schwangerschaft sehr ernst, so wie sie sich überhaupt ordentlich ernst nahm. Ein bisschen so, als sei sie in ihrer Schulüberfliegerrolle hängengeblieben und als täte sie weiterhin alles, um diese Situation aufrechtzuerhalten.

Sie trank spezielle Tees, lernte hundertundfünf Atemtechniken, las schulmedizinische Schwangerschaftsliteratur, fand spirituelle Geburtsvorbereitung – und führte zudem Tagebuch. Es fühlte sich alles nicht nach Mutterschaft an. Doch womöglich bin ich geerdeter, als mir zusteht. Larissa war schwanger.

Sie hatte Economics in England und Jura in Passau studiert und wollte Richterin werden. Bildung war ihr ein hohes Gut. Eine Einrichtung, die das widerspiegelte, bedeutete ihr ebenso viel. Jetzt: die Schwangerschaft, zu einem passenden Zeitpunkt.

Davin, der ausgewählte Vater ihres Kindes, war Soziologe mit persischen Wurzeln, besser als alter Landadel oder Bürgertumselite mit Jagdschein. Larissa lernte seit einem Jahr Klavier. Davin spielte leidenschaftlich schlecht Gitarre.

Alle beide hatten früher Affären mit Anthropologen und Ethnologen gehabt. Und es gab da ein Buschvolk, einen Stamm in Afrika. In diesem Stamm hatte jeder Stammesangehörige ein eigenes Lied. Dieses Lied wurde von der Gemeinschaft bei vielen Gelegenheiten gesungen. Die werdende Mutter ging, alleine, in den Wald zu einem

Baum. Dort kam das Lied für das neue Wesen zu ihr. Sie kam zurück, und noch während ihrer Schwangerschaft lernte der ganze Stamm die neue Melodie. Man saß wahrscheinlich ums Lagerfeuer zusammen und nahm zum neuen Wesen Kontakt auf, begrüßte, ehrte und formte das kleine Menschlein. Machte es zum Teil des Stammes, zu einem Teil der Gemeinschaft. Während das Menschenkind aufwuchs, wurde sein Lied zu besonderen Anlässen gesungen. Ein bisschen wie „Happy Birthday", nur individueller, so stelle ich mir das vor. Allerdings hatte der Song – und ich weiß jetzt gar nicht, ob „Song" dem Buschvölkischen noch gerecht wird, und ich erinnere mich auch nicht daran, ob es nun ein indianischer oder ein afrikanischer Stamm war, der es so hielt – nun, der Song hatte auch pädagogische Aufgaben: Wenn nämlich das Menschenkind oder später der großgewordene Mensch eine Grenze der Stammesregeln übertrat, sang der gesamte Clan das persönliche Lied des Übeltäters. Soll sehr gut funktionieren.

Larissa und Davin haben beschlossen, das auch zu machen. Wir alle sollen der Clan sein. Sollen singen.

Wir alle, mit Lebensentwürfen, die, im Angesicht der Veränderung bei den beiden, auch explizit als unterschiedlich sichtbar werden. Im 21. Jahrhundert in einer deutschen Großstadt.

Wir sitzen im Kreis. Larissa war irgendwo im Grumsiner Forst gewesen und hatte an einem Baum ein Lied gefunden. Das hat sie Davin vorgesungen. Sie haben Melodie und Text geübt. Und jetzt sitzen wir hier im Musikzimmer, im Kreis auf dem weißen Teppich aus Biowolle, und singen das Lied. Zum Glück geht ein Joint nach dem nächsten rum – auf dem Balkon natürlich, wegen der Schwangerschaft. Ach, das versaut aber wirklich die Atmosphäre, dass wir alle rausrennen, das merkt glücklicherweise auch Davin, der alle Dachfenster öffnet und Larissa sanft beibringt, das sei jetzt doch okay, drinnen zu rauchen und würde den Song nur näher an das Miniwesen in ihrem Bauch heranbringen. Etwas Besseres gäbe es eigentlich gar nicht. Wir sitzen also im Kreis.

Nora hat viele verrückte Instrumente dabei und wir jammen, um den Song des kleinen neuen Erdenbürgers herum. Der Text ist auf Englisch, Spanisch, Deutsch und enthält einige Kunstwörter, aus dem Indianischen vielleicht oder von Larissa mit ihrer Doula im Kopfstand erscrabblet.

Zum Glück gab es zwischen Himmel und Hölle die Esoterik. Und Drogen.

[Hier klicken und den Song anhören]

Oh, doch, ja, es ist mal etwas anderes als Techno. Wobei etwas MDMA uns bestimmt alle noch etwas näher zusammenbrächte … Wir könnten unsere Verbundenheit dann noch mehr spüren, aber so ist es auch ganz schön.

Obwohl einige sich ein wenig schwertun. Ich kann den Eindruck der Künstlichkeit auch nicht abschütteln, will das Spiel aber nicht verderben und gebe mir Mühe. Die Rassel lenkt mich ab und Nora, die natürlich bekloppte, stets geerdete und weltbeste Frau der Welt neben mir, auch. Eine, die mit dem Herzen denkt und die mich innerhalb einer Millisekunde mit nur einem Blick schachmatt setzen kann. Sie sitzt im Schneidersitz neben mir, sie lacht, singt und zieht alle – selbst die, die zweifeln, sich biochemisch langweilen oder an ihre letzte Fehlgeburt denken – mit.

Wir singen!

Wir lernen ein Lied zusammen. Das letzte Mal habe ich ein Lied gelernt, als Freundinnen aus dem evangelischen Ferienlager die „Moorsoldaten" mitbrachten. Noch heute berühren mich diese Passagen: „Sie sind die Moorsoldaaaten und kommen mit den Spaahaaten" oder: „Eine Hand voll Erde, schau sie dir an, Gott sprach einst: ‚Es werde.' Denke daran!"

Ja, schau' sie dir an!
    Da kommen mir tatsächlich die Tränen.

Anmerkung: Es ist das Jahr 2051. Der Ich-Erzähler ist Mensch/Wetware, gelesen: Frau. In-vitro-fertilisiert (IVF), etwas Protein und einige Informationen (Cas9+sgRNA) wurden der befruchteten Eizelle, somatisch gentherapeutisch, hinzugefügt, ausgetragen ab Woche 14 in einer künstlichen Gebärmutter/Bio-Bag.

Lösung

Kulturell auseinander driftende Erziehungsmodelle, steigende Trennungsraten und die Nutzung (freiwillig & kommerziell) von Männer- und Frauenkörpern (Wetware) für die Verwirklichung eines individuell perfekten, planbaren Lebens – Leihmutterschaften, Ei- und Samenspenden/raub, Egg-Freezing, Hormonbehandlungen, Genoptimierungen – erforderten eine grundlegende Reform der Fürsorgeregelung für Kinder. Jugendämter und Familiengerichte waren überlastet und Gesetze auf die genetische, kulturelle und emotionale Komplexität der kunterbunten Klagewellen und Vernachlässigungsformen kaum anwendbar. Nach der vollständigen Abschaffung des Verfassungsschutzes putschten sich wertprogressive Kräfte an die Macht und gaben der Ehe eine Gestalt, in der das Wohl des neuen Lebens, im Mittelpunkt stand. Dies beinhaltete die offizielle Einführung der Drei-Eltern- und Acht-Paten-Regelung. Werdende Eltern brauchten – auch im immer seltener werdenden Fall, dass sie nur zu zweit waren – eine dritte Person, die schon vor der Geburt als weiterer eingetragener Fürsprecher die Stimme des Kindes war und rechtlich ebenso in der Verantwortung stand wie die sogenannten leiblichen Eltern(-teile). Acht weitere Kindszeugen / Paten, von Cousinen und Cousins sowie Gebärmutter- oder Samenbereitsteller über beteiligte Wissenschaftler, Brüder und Opas bis hin zu Ex-Freundinnen wurden offiziell als Mitverantwortliche erfasst. Das Ehegattensplitting wurde abgeschafft. Kinder erhielten bis zu ihrem Ausbildungsabschluss (25) monatlich pauschal 1.300,00 Goldmuscheln, so dass ihre Grundversorgung und ihre steuerliche Abschreibbarkeit kein Streitfall werden konnten.

The Infinite War I

Der Übergang war gewaltsam, nicht überall körperlich, aber die Auseinandersetzung war brutal. Zum ersten Mal wurde das menschliche Wahrnehmungsvermögen verhandelt.

Der unendliche Krieg war das Ende einer Epoche und der Anfang einer neuen.

Es muss schrecklich gewesen sein, damals zu leben. Zum Zerbersten für das Individuum.

Es war vor der unendlichen Wende.

Das Bewusstsein spürte sich selbst weichen.

Die Sonne kreist nicht um die Erde.

Der Mensch kann nicht nur Worte im Bewusstsein rationalisieren, sondern auch alle seine Empfindungen, gleichzeitig, kristallklar.

Es war der extremste Krieg, der Unendliche, der Letzte.

Mit den in den nächsten Jahrhunderten entwickelten Formen des Zusammenlebens und des Individual-Verstehens wurde aus uns, was wir heute sind: Liber Menschen, Übermenschen, Uber-menschen, andere Menschen.

Wir blieben, was wir sind, nur erfassten wir uns selbst anders.

Wie wir heute wahrnehmen, wenn wir einander angucken, wie viele Informationen wir in der Lage sind (von Trieben getrennt) zu erfassen! Die Menschen damals waren überschwemmt von Gefühlen, verwirrt. Sie meinten, rational zu handeln, bemühten sich krampfhaft darum. Kommunikation, wie es damals diffus hieß, war aus heutiger Perspektive das reinste, pure Chaos.

Der Informationsaustausch, die Menge der Informationen, die tatsächlich zwischen Menschen (inter-wet) übermittelt wurde, war minimal. Emotionen und Zusammenhänge, die der Aufrechterhaltung einer personalen Identität dienten, waren Störfeuer. Maschinen, die Informationen wesentlich schneller austauschen konnten, erschienen den Menschen damals überlegen.

Die neue vernetzte Technik war ein Meteoriteneinschlag.

Generationen hatten immer ihre Verständigungsprobleme, Geschlechter auch. Doch das plötzliche Zurückgeworfen-Sein auf die sinnliche Wahrnehmung des Einzelnen bedeutete zunächst eine extreme Zuspitzung. Während die Alten tatkräftig ihr Gehirn verteidigten, konnten die

Jungen nur blind weitermachen, hin- und hergerissen zwischen dem Altbewährten und dem Ungreifbaren, dem so sehr Neuen. Die sinnliche Individualisierung (der Empfindungen und des Glaubens) vertiefte zunächst auch fast überwundene Geschlechterdifferenzen, nationale und andere identitäre Ideologien.

Das Gehirn damals war sehr anders. Es musste Speicher sein für viele Jahrhunderte, Jahrtausende. Stückweise befreit von der Archiv- und Narrativpflicht, öffneten sich ihm ungeahnte Möglichkeiten. Doch dieser Gehirnumformungsprozess fand ohne menschliche Intentionen statt. Viele kleine Dinge, technische Hilfsmittel, ausgelagerte Vernetzungen hatten angestoßen, was nicht verstehbar war. Evolution. Was wir in einem einzelnen Moment mit der sensorischen Ausstattung unseres Körpers an Information aufnehmen können, war in den ersten siebenhundertfünfzig Jahren pure Überforderung. Erst sehr langsam entwickelten sich Formen einer anderen menschlichen Entfaltung.

The Infinite War II

Viel ist uns nicht bekannt von den Ursächlichkeiten dieser unvorstellbar langen Zeit des Übergangs. Die heutige Geschichtsschreibung entspricht nicht der damaligen, für uns relevante Daten waren nicht erfass- oder gar speicherbar. Von gewissem Interesse ist nun jedoch, wie es zur Entwicklung des fast hundert Jahre lang genutzten Realitäts-Dichtemesser kam. Zwei Fragmente bieten uns zumindest Anhaltspunkte, die eine Annäherung erlauben. Zum einen eine Audio-Datei, die vermutlich ohne das Wissen von zweien der drei Gesprächsteilnehmer mitgeschnitten wurde. Zum anderen der Erlebnisbericht einer Unbekannten.

Dokument Nummer 1

Jonathan Meese: *(wie aus dem Off, mit tiefverstellter Stimme)* Es war Jan Bs gröööößte Idee. Er setzte alle Kräfte in Bewegung, um sie umzusetzen. Seine Idee. Normalerweise hatten alle seine Ideenumsetzungen etwas gewollt Dilettantisches, sie waren professionell-verspielt. Nun war es erstmals ein wenig zu professionell geworden.

Jonathan Meese: *(mit noch tieferer Stimme)* JAN, Jan der Große! Da hatte er die ganze Welt vor sich, hatte, sein Ego schützend, einen ironischen Beruf gewählt, und jetzt hatte sich doch ein gewichtiges Anliegen hineingeschlichen. Gnaaaade der Welt ...

Peter Sloterdijk: Nimm ihn nicht ernst, Jan, er macht nur wieder diese Sache mit der Kunst.

Jan Böhmermann: Ich find's lustig.

Peter Sloterdijk: Gut, gut, aber können wir mal bitte hier weitermachen?

Jonathan Meese: (*aus dem Off*) Jan war genau der Richtige! Mittlerweile verfügte er auch über den entsprechenden Apparat und die Kontakte, damit die Aktion generalstabsmäßig durchgeführt werden könnte und eine gewisse Flächenwirkung entfaltete. Peter S. und Jona M. waren in ihren Bereichen jeweils hilfreich. Es beruhigte Jan, die Intervention breit geschultert zu wissen. Aber die Idee zur „Anti-Zombie-Armee" war definitiv alleine auf seinem Mist gewachsen.

Jan Böhmermann: Gut, Peter, du hast recht. Lass uns mal weitermachen!

Peter Sloterdijk: Gut, also, wir sind unser Anliegen auf drei Ebenen angegangen: einmal mit den „Provokationstherapeuten", dann unmittelbar sensorisch mit der AZA, der „Anti-Zombie-Armee", und außerdem mit dem DYM, „Disrupt your Motherland". Ja, und dann durch das „Emo-Konto", um das sich das DYM-Team kümmert, sind alle miteinander verbunden. Wo stehen wir?

Jan Böhmermann: Vielleicht haben wir uns mit drei Projekten gleichzeitig doch etwas übernommen! Die DYM-Crew macht mir mittlerweile Angst. Die Sache hat sich völlig verselbstständigt. Jeden Tag stehen da zwei neue adrenalingeladene Mitarbeiter, um die Welt für uns umzukrempeln. Wenn man bei denen reinkommt, steht da ein Stapel mit Laptops am Eingang, der ist größer als ich.

Jonathan Meese: Die Diktatur der ...

Jan Böhmermann: ... deren Human-Ressource-Tante sagte im Vorübergehen, der Stapel sei für die Neueinstellungen nur in dieser Woche. Sie wirkte davon völlig unberührt und wollte am liebsten doppelt so viele Leute „onboarden". „Onboarden", hat sie wirklich gesagt! Die hat 'nen Schatten, die Frau. Sie war davor sechs Jahre, von Mitarbeiter fünf bis Börsengang, bei einer Samwer-Klitsche und ruht sich jetzt bei uns aus. Ich glaube, sie langweilt sich.

Jonathan Meese: Langweilen ist gar nicht gut!

Peter Sloterdijk: Aber die nehmen dich schon ernst als ihren Chef, oder?

Jan Böhmermann: Da ist irgendein Respekt, ja, aber ich schätze, dass die unter einer Bewertung von einer Milliarde niemanden ernst nehmen.

Jonathan Meese: *(lacht)* Oh, das klingt schön.

Peter Sloterdijk: Ehrliche Leute ... mit beiden Beinen fest auf dem Boden der Realität.

Jan Böhmerman: Nehmt ihr mich eigentlich ernst? *Beide lachen. Dann lacht Jan mit.*

Peter Sloterdijk: Also, Jan, du fürchtest, die Sache wächst uns über den Kopf?

Jonathan Meese: Hurra, hurra, etwas anderes wollten wir doch nie!

Jan Böhmermann: Die AZA, die Zombie-Bekämpfung, und deine Aufklärungstherapeuten, Peter, sind in ihrer Dynamik charmant, ja. Aber ehrlich, exponentielles Wachstum ist unheimlich.

Peter Sloterdijk: Jan Böhmermann! Lass dich mal bitte nicht von deinem kleinbürgerlichen, öffentlich-rechtlichen Reptilienhirn verunsichern.

Jan Böhmermann: Wieso denn nicht? Ich bin halt ein Teil der Natur. Ihr seid vielleicht extraterrestrisch oder so. Ich, ich KANN NICHT so gut RECHNEN.

Jonathan Meese: Beim ZDF weiter durch Null teilen wolltest du aber auch nicht!?

Jan Böhmermann: *(summt)* Du, du, du dummes, dummes Muttersöhnchen, gib doch einfach Ruh. Du, Du, Duuuh ... Ruh! *Keiner lacht.*

Peter Sloterdijk: In einer halben Stunde möchte ich wieder an den Schreibtisch!

Jan Böhmermann: Also, Jonathan nimmt Bücher nie persönlich.

Jonathan Meese: *(wieder mit tiefer, dumpfer Stimme)* Peter S. saß, was das Ausformulieren anging, am längeren

Hebel. So gingen ihre Aktivitäten lange Zeit später als „Peter Sloterdijks Sensorische Erzwingungsarmee" in die Geschichtsbücher ein. Die „Erzwingung" wäre Peter ein Dorn im Auge gewesen – aber seine Urheberschaft hatte er im richtigen Moment gesichert. Der Star des Moments war zwar Jan. Aber rückblickend war's Peter und, na, und Jonathan, der war reifer oder feiger. Jedenfalls schrie er auf dem Höhepunkt der Revolution, unter der, im Wohnzimmer seiner Mutter selbst aufgebauten, Guillotine, sehr leidenschaftlich: „Alle, besonders Jan und Peter, haben das mit der Diktatur der Kunst völlig falsch verstanden", und quietschend rief er noch: „Jan kann nicht rechnen", bevor sein Kopf, mit blutig triefendem Halsstumpf, sanft auf die Wollknäuel im Strickkorb seiner Mutter fiel.

Jan Böhmermann: *(klatschend)* Danke! *(Pause)* Danke, Jonathan, für diesen reizenden Ausblick!

Jan Böhmermann: Und da haben wir's! Jonathan hat nämlich Recht: Peter, Du größenwahnsinniger alter weißer Nazi! Die Errrrzzzwingung ist der totalitäre Knnnaaackpunkt – Provokationstherapeuten. Das ist doch verniedlichend!! Diese Provokationstherapeuten … das sind Theaterpädagogen, oder?

Peter Sloterdijk: Ja, die meisten.

Jan Böhmermann: Sie machen die politischen Provokateure zu Patienten!

Peter Sloterdijk: Sie machen Unsichtbares sichtbar.

Jonathan Meese: *(quietschend)* Fast Kunst.

Jan Böhmermann: Offene Therapien ... wöchentliche Votings, wer den nächsten Therapeuten bekommt ...?! An Personen des öffentlichen Lebens verordnet. Und die veröffentlichten Therapieberichte und Diagnosen erklären oder rechtfertigen ihre Provokationsmaßnahmen. – Sag schon, Peter, mmh? Was ist totalitärer: Umerziehung oder Therapie?

Peter Sloterdijk: Wirksamer ...

Jonathan Meese: *(unterbricht in schlichtendem Ton)* Die Kunst. Sie wird siegen! Politik ist Fortsetzung des Krieges mit anderen Mitteln, einfach nur öde, und Provokationstherapeuten sind eben Spielwaffen.

Peter Sloterdijk: Absurde Interventionen.

Jonathan Meese: Wie die immer kreischen: „Jedem kann geholfen werden." Eine Truppe mit Idealen und Mitgefühl.

Jan Böhmermann: Lassen nur eben nicht locker, kreuzen überall auf, um die extreme emotionale Bedürftigkeit der Politik-Provokateure bloßzustellen, unterbrechen jeden öffentlichen Auftritt mit ihren übergriffigen Fragen, selbst beim Brötchenholen rücken sie den Meinungsmachern auf den Leib.

Jonathan Meese: *(aus dem Off)* Hitler kommentierte den Siegeszug der Kunst: „Es gibt gar keine Politik, das sind nur ‚Ich'-Symptome."

Jan Böhmermann: *Wem* sagt *er* denn *das???*

Jonathan Meese: *(wieder mit normaler Stimme)* Die Polit-Schraubstöcke wollen uns allen ihr langweiliges Kontrollzeugs aufdrücken.

Jan Böhmermann: Dir ja nicht, du spielst ja eh nur!

Jonathan Meese: Nur? Ja, ach, Jan, wir sind doch alle Provokationstherapeuten füreinander …

Jan Böhmermann: *(nuschelt gleichgültig im Rhythmus des gleichnamigen Cloudraps)* Okee-cool!

Peter Sloterdijk: Dann machen wir weiter?

Jan Böhmermann & Jonathan Meese: *(im militärischen Chor)* JA!

Peter Sloterdijk: Dass sich das Emo-Konto so schnell durchgesetzt hat, war in meinen Augen eine große Überraschung.

Jan Böhmermann: Wir hatten mit den Starter-Kits Glück: Das Puls-Armband und die Elektroaufkleber für Nacken und Schläfe haben sich verkauft wie nichts. Zwanzig Euro und die Leute können schwarz auf weiß sehen, wie es ihren Mitmenschen geht – was sie sich gegenseitig antun.

Peter Sloterdijk: Die vegetative Wahrheit.

Jonathan Meese: Nie wieder nett sein, nie wieder raten, was los ist, nie wieder höflich sein müssen oder paranoid werden.

Jan Böhmermann: *(singt):* Freiheit, Freiheit ist das einzige, was zählt.

Peter Sloterdijk: Ich hatte bereits befürchtet, der gesellschaftliche Diskurs würde in der Aufarbeitung von Mikroverletzungen hängenbleiben. Mit Hashtags markiert spräche man die nächsten Jahrzehnte über seine Kränkung und schlüge zurück.

Jan Böhmermann: Wo Mikroschmerz – da Mikrofreud! Alte Europäische Weisheit.

Peter Sloterdijk: Und außer, dass man sie jetzt sammeln kann, die positiven Gefühle, die man anderen bereitet, brauchten wir keine weiteren Anreize schaffen. Was ist denn daran totalitär, Jan?

Jonathan Meese: Das Emo-Konto ist ein Panini-Album für Teens.

Jan Böhmermann: Stimmt. Könnte sein, dass wir Pubertät GREAT gemacht haben. For the FIRST time EVER.

Peter Sloterdijk: Es hat mich erstaunt, wie das technisch so schnell möglich wurde.

Jan Böhmermann: Im Motherland weiß man, was man tut. Starter Kit, App und gut is.

Jonathan Meese: *(spricht im lapidar, grenz-debilen Tonfall der Bastel-Brothers)* Starter Kit, App, Zack, feddich = Weltfrieden!

Peter Sloterdijk: Halb Deutschland sammelt die Resonanz, die sie in anderen auslösen.

Jonathan Meese: Mir gefallen die Symbole für die Affekte in der App.

Peter Sloterdijk: Die hast ja auch du gemalt. Sehr archaisch!

Jan Böhmermann: Ich bleibe vor allem deshalb jetzt im Boot, weil wir Lachen und Humor zum Goldstandard gemacht haben. Mir scheint, wir bewegen uns da schon fast in Richtung einer neuen Währung.

Jonathan Meese: Mach' dir aber keine Hoffnungen auf Reichtum, Jan. Jeder wird für seine schlechten Witze entlohnt, solange irgendwer lacht. Je mehr Menschen mit unseren Aufklebern im Nacken lachen und je körperlicher das Ganze, desto mehr Punkte gibt's.

Jan Böhmermann: Leute, die nicht witzig sind, kann ich jetzt schon weiträumig meiden. Großartig, dass das Emo-Konto in Maps eingebettet ist.

Jonathan Meese: Oh, danke, dass du mir ein bisschen Anerkennungs-Energie gibst, kommt gerade an.

Jan Böhmermann: Gerne doch! Nur also, ich, manchmal frag' ich mich schon, ob das alles 'ne gute Idee war. Zum Beispiel die Zombiebekämpfer zu instruieren, überall im öffentlichen Raum ihre Koffer zu vergessen. Das ist das reinste Chaos.

Jonathan Meese: Die Kunst soll ausbrechen! Die Parlamente müssen menschenmachtsfrei, volksfrei und vogelfrei sein, dann, dann wird die Zukunft beginnen. So ist es, und metabolisch sind wir alle gleich. Jan? Musst du vielleicht nur mal? Hunger? Durst? Müde?

Peter Sloterdijk: *(mit resignierter Erwachsenenstimme)* Ihr bringt mich um den Verstand! Wo soll das denn enden, wenn unsere Zusammenkünfte nicht etwas ernsthafter werden?

Tonaufnahme bricht ab.

Dokument Nummer zwei

Der Bass ging durch sie durch. Alles war gut. Klar. Sichtbar. Warm. Unbedrohlich. Keine Unruhe. Kein Müssen. Sie war einfach da. Alles war egal. Jess hatte morgen nach Lissabon fliegen wollen. Nun war sie hier, geerdet, mit ihren Freunden in weiche Wasserwatte gehüllt. Es war nicht eng, nicht quetschend, nichts. Alle Verknüpfungen von Gedanken mit unangenehmen Gefühlen waren unterbrochen.

Jess stand erhöht auf einem großen Podest mit etwa sechs, sieben anderen Tanzenden. In einer abgelegenen Ecke des schwarzen Raums, sie hatte gerne Platz. Vor ihr war die lange Theke, ein Gang, dann kam eine breite Säule und ganz hinten: Tanzende und noch mehr von ihnen. Der DJ bildete die Spitze des Raums.

Ganz rechts sah sie ihn. Er bewegte sich ungewöhnlich. Blickte sich schauend um. Dann sah sie auch die zwei anderen. Sie sahen aus, als seien sie aus Stanley Kubricks *Clockwork Orange* entlaufen. Ungewöhnlich, so eine starre Verkleidung, wir waren in Berlin hier, nicht in London. Zumindest waren sie ganz in schwarz. Dazu dieses intensive Spähen und die nüchternen Bewegungsabläufe, aber das Starren hatte nur der erste wirklich raus. Die beiden Schergen, die den Mann mit der Melone begleiteten, waren in ihrem Schaugebaren haltloser, nicht fokussiert. Jess überstreckte ihren Hals und blickte zur Decke. Sie spürte ihre Wirbelsäule bis in ihr Steißbein hinunter. Sie zog die Schultern zurück und schloss ihre Augen.

Tanzen, nicht beobachten. *Sie* war, wo *ich* war. *Ich* atmete bewusst ein und aus, spürte *ihrem* Atemzug in die Lunge hinterher. Alle Traurigkeit, alle Erinnerungen sind Vergangenheit, alle Befürchtungen und Sorgen die Zukunft. So hatte es dieser Guru formuliert. Nur ein, zwei Atemzüge reichten aus, uns ins bewusste Jetzt zu holen. Der Typ, ein neonepalesischer Karriere-Amerikaner, hatte eine beliebte Zen-App entwickelt und Selfies mit dem Dalai Lama auf der Kommode stehen. Er musste es wissen. *Sie* konzentrierte sich darauf, die Musik zu hören und ihren Körper wieder liebevoll in Einklang zu bringen, wieder einzutauchen. Ray war irgendwo unten auf der Tanzfläche, Alex war eben gegangen und Anna tanzte wohl ganz in der Nähe. Mit eingeschworenen, leuchtenden Blicken sah man zwischendrin nacheinander. Gerade als *sie* jetzt guckte, sah *sie* beide glücklich, weder Anna noch Ray guckten zufällig auch *in meine Richtung. Ich* sah wie die drei Gestalten versuchten, sich in der Menge aufzulösen, mitzutanzen, sich zu verteilen. Jetzt sah *ich* auch, dass die drei eine weibliche Begleitung hatten. Die Kleine war wirklich sehr klein. Die Tanzenden um sie herum waren ihr gerne nah. Die Frau strahlte eine Aura aus. Ihre langen schwarzen Haare verdeckten meist ihr Gesicht, mehr konnte ich von hier nicht sehen. Die kleine Frau fasste die Leute an der Hand, kurz. Mal länger. Danach blickte der oder die Angefasste der Schwarzhaarigen lange und intensiv in die Augen. Einmal beugte sich ein größeres Mädchen zur Schwarzhaarigen herunter und sagte etwas in ihr Ohr. Da nahm die Kleine geschmeidig erneut die Hand der Fragenden, hob sie hoch und presste mit ihren zarten Fingern kräftig die Handfläche an einer Stelle zwischen Ringfinger und kleinem Finger. Die Fragende schloss genussvoll und verstehend die Augen. Die kleine Dame streichelte dem größeren Mädchen, das immer noch die Augen geschlossen hatte, nochmals sanft über die Hand und drehte sich um. So arbeitete sie sich von Hand zu Hand durch den Raum. Unauffällig, geschmeidig tanzend. Die drei Begleiter blieben ihr nahe. Der ein oder andere bemerkte die merkwürdige Crew, guckte interessiert und erkannte schnell seinesgleichen in einem warm erwiderten Lächeln, man klopfte sich auf die Schulter. Drei Jungen, die ein Mädchen beschützen, das Fremde anfasst, das war gewöhnlich. Es waren postamouröse Zeiten.

Jess schloss ihre Augen und blickte an sich hinunter, auf ihre Hände, spreizte bewusst ihre Finger in alle Richtungen und tat das Gleiche mit ihren Zehen, die bequem in ihren Lieblingsschuhen steckten. Der Zigarettenrauch stand dick in diesem Raum, Atmen machte wenig Spaß. Aber im Moment sein. Hier und hier. Hin und her.

Sie hatte den Rhythmus wieder und war versunken, ließ wellenrauschend ihren Körper branden, Beat-Ebene um Beat-Ebene. Wiederauftauchend bemerkte sie, wie das schwarzhaarige Mädchen, dessen Haare weder so lang, noch so schwarz waren, wie es von Weitem ausgesehen hatte, nach Rays Hand griff und ihn dabei anlächelte. Etwas regte sich in ihm. Seine rechte Schulter bewegte sich behäbig – man konnte seinem Körper ansehen, wenn er unzufrieden war. Die Kleine hielt immer noch seine Hand und lächelte, jetzt drückte sie zu. Gezielt platziert landete Rays Faust fest im Gesicht des ersten Begleiters, jenem mit der Melone auf dem Kopf. Beinahe hätte Jess aufgelacht. Das passierte schon mal, wenn er getrunken hatte. Selten aber saß ein Schlag. Es spritze Blut, der Typ hielt sich die Hand vor Mund und Nase und taumelte nach vorne. Ray hatte die ganze Crew und ihr Gebaren intuitiv durchschaut. Einer der Begleiter zog etwas aus der Tasche, was er rasch an Rays Nase drückte. Ray sackte in sich zusammen. Der dritte stand hinter ihm und fing ihn auf.

Behutsam trugen sie ihn nun über den Gang weg. Sich die Hand vor die noch immer blutende Nase haltend lief der Melonenmann hinterher. Das Mädchen war nirgends zu sehen. Die kurze Unruhe war verflogen. Kaum jemand hatte der Szene Beachtung geschenkt. Einige blickten den Vieren hinterher, gingen ihnen nach oder zur Toilette.

Jess stand vielleicht zweieinhalb Meter vom Geschehen entfernt auf dem Podest und sah sich um. Sie suchte Anna, als direkt vor ihr das Gesicht mit den schwarzen Haaren auftauchte. Die laufenden Einsfünfundfünfzig blinzelten Jess vielsagend an, wollten schwesterliche Verbrüderung, Rückhalt oder so etwas. Jess drehte sich nach rechts und blickte den weggehenden Jungs hinterher. Die kleine Schwarzhaarige packte Jess' linke Hand, ihre Finger waren kalt. Jess drehte sich um, griff nach der zweiten Hand der Frau, umfasste die weiche Unterseite des Unterarms, klemmte ihren kleinen Finger zwischen Daumen und Zeigefinger und dehnte ihn nach hinten, bis zum Handrücken, bis sie das Gelenk brechen hörte. Knochen splitterten und der Knorpel federte sanft. Der Körper der Schwarzhaarigen gab nach. Jess' Knie war schon auf der Höhe ihres Bauches.

Wenn man einmal dabei war ... Jess beherrschte sich, stellte ihr Bein zurück auf den Boden und rannte Ray hinterher.

Bevor sie im Garten stand, musste sie noch eine halbe Treppe hinunter. Als Jess aus der Tür trat, kamen ihr die drei in schnellem Schritt entgegen. Sie suchten sicher ihr Mädchen. Ray lag draußen auf einer Holzbank, als Jess bei ihm ankam, öffnete er gerade wieder die Augen. Er sah nicht gut aus. Jess blickte sich um. Die Truppe konnte jeden Augenblick wieder herauskommen. Einer der Türsteher trat aus dem Schatten und kam auf Jess zu. Er bedeutete ihr mit einer Kopfbewegung, ihm zu folgen. Jess half Ray auf, stützte ihn beim Gehen, er war nicht gut auf den Beinen. Vierzig Prozent seines Körpergewichts lagerten sicher auf Jess, als sie dem Türsteher mühsam folgten. Jetzt öffnete der Mann eine Schuppentür, er hielt die Holztür weit geöffnet, Jess und Ray humpelten hinein. Er zeigte auf einen Schrank an der Rückwand, schloss schnell die Tür des Schuppens. Jess hatte nicht gewusst was Panik war, und auch nicht was Erleichterung.

Die sensorischen Erzwinger würden mit gefülltem Emo-Konto weiterziehen – aber nur bis ins Krankenhaus. Das Fingergelenk war definitiv hinüber.

„Ray", sagte ich, „ich fürchte, wir wurden gerade zufällig *der Widerstand*." Er lachte, bis er hustete und damit hörte er dann sehr lange nicht auf.

Urschlamm

Sie lachten und es nervte mich tierisch.

„Jede Zelle, bitte, jedes Mikrobium!", tönte die Frauenstimme sanft aus dem Baumhaus.

Wir lagen zu dritt im weichen Schlamm, er drückte sich sehr dicht an mich. Ob meine Haut so noch atmete? Die feine Erde um mich herum war zart und fest. Ich lag lang auf dem Rücken und tauchte den Kopf unter, der Schlamm zog sich über mir zusammen, bedeckte mich dunkel, es gluckerte etwas hohl und kurz wurde das Gegackere der beiden Frauen, die etwa vier, fünf Meter entfernt von mir in diesem künstlich angelegten Schlammsee im tiefen polnischen Urwald badeten, abgedämpft. Unwahrscheinlich, dass die beiden freiwillig hierhergekommen waren. Ich tauchte wieder auf und spürte den Schlamm im Gesicht, schwer zwischen meinen Wimpern.

Sowohl die Darmsanierung als auch das Mikroben-Kommunikations-Training fanden im dichten Wald am selben Ort statt. Manche kamen hier lange nicht mehr weg. Der Schlamm war zäh, die Sonne blinzelte durch die dunkelgrünen Blätter, der See lag inmitten von Bäumen, einige waren mehrere hundert Jahre alt, sie reichten bis weit in den Himmel in den über uns.

Ich beobachtete die drei einzelnen Wolken, die langsam über den Himmel zogen. Die Blätter rauschten über mir im lauen Sommerwind und endlich hörten auch die Zellhaufen hinter mir in sich hinein und verstummten. Wenn ich einatmete, wurde mein Körper vom Brustkorb angeführt an die Oberfläche gezogen, atmete ich aus, fiel ich wieder tiefer zurück in den Schlamm. Ich nahm mein Gewicht deutlich wahr und spürte, wie mein Rücken, mein Po, die Rückseite meiner Oberschenkel, meine Waden, sich in die feingemahlene feuchtwarme Erde hineindrückten. Wir lagen hier in einem Mischschlamm: Erde vom Heimatkontinent, aus der Afar-Senke oder dem Albertgraben, aus der Wiege der Menschheit jedenfalls, feine Aschepartikel von dem japanischen Vulkan auf der Kirschblüteninsel, vom Puyehue in den Anden, dem Kilauea auf Hawaii und den klassischen Schlamm-Regionen in Italien, von wo auch jene speziell auf die Herstellung von organischem Schlamm geschulten „fanghini" ursprünglich kamen. All diese traditionellen Heilerden aus der ganzen Welt wurden hier aufwendig zusammengetragen. Wir lagen im Heilungs-Mischschlamm, und wenn es uns gelänge, leer zu werden, uns ganz zu öffnen, dann würden wir eins werden mit allem, nähmen wahr, wie unsere Zellen, unsere bakteriellen Bewohner mit denen im Schlamm interagierten, wir könnten uns abstreifen und eins werden.

Sind Wolken leer?

Gelänge die Meditation an diesem heiligen Ort der neuen Unordnung kehrten wir mit einem Freiheitsgrad mehr in den Alltag zurück.

Resonanzerfahrung auf bakterieller Ebene kam der Erleuchtung sehr nah.

Während ich weiter auf dem Rücken im Schlamm in den Himmel blickte, befand meine kritische innere Stimme, gleichgültige Ablösung und leuchtendes Allverstehen seien von außen immer recht schwer zu unterscheiden.

Die archaische Umwälzung hatte in der Tat einige neue Fragen aufgeworfen.

„Sie sind weder in Ihrem Geist noch in Ihrem Körper gefangen", tönte wieder die sanft-subliminale Stimme der Schamanin aus dem Baumhaus oberhalb des Sees.

Ich musste tatsächlich in einem frühen Übergangsprogramm stecken. In einem Anfänger-Training.

Wieso nutzte sie denn all diese Wörter überhaupt noch, diese Sprache und Kategorien der weißen Männer? „Geist" – „Körper" – „weder noch" – sie könnte doch einfach ihren Körper wahrhaftige Klänge machen lassen … „gefangen"?

Sie sprach ja geradezu so zu uns, als seien wir binäre Fundamentalisten und nicht einfache Übende.

„Verlier lieber den ganzen Verstand", wurde meine innere Stimme plötzlich aufgeregt und ermutigend, „ein halber verwirrt nur."

Die Damen neben mir im Schlamm lachten wieder.

Ich drehte mich um, glitt wie ein Krokodil durch den am Rand des Sees flacher werdenden Schlamm und bewegte mich langsam in Richtung Ufer. Den Kopf hielt ich bis knapp unter die Nase, in der feinen dunkeln Masse. Ich blickte mich mit großen unberechenbaren Augen, wie Krokodile sie haben, um. Ich wandte den Kopf, tief vom Hals an, genau wie Krokodile es tun. Die Hände im Boden, kroch ich weiter zum Ufer, sah die glatte Schlammoberfläche ganz nah. Mein Bauch streifte schon ab und zu den Untergrund. Nun winkelte ich meine Knie an, schob den festeren Boden weg, blieb mit dem Körper, so lang es ging, im Schlamm. Dann stellte ich meine Füße neben meinen Körper, tauchte auf, streckte vorsichtig meine Knie und kam, von einer Schlammschicht bedeckt, hoch. Ich erschrak über die Länge meiner Beine, meine plötzliche Größe und die unwohlig luftige Atmosphäre. Ich ging ein paar Schritte auf dem festen Waldboden, bis ich eine große Moosinsel erreichte, und legte meinen schon trocknenden Schlammkörper auf das weiche Moos, streckte mich lang, hörte die Blätter in den Baumkronen nun noch deutlicher rascheln, die drei Wölkchen hatten ihre Formation verändert, zwei der drei waren jetzt fast außer Sichtweite.

Danke

Ich möchte ich mich bedanken bei den ersten und treuen Utopiepaten: Paul Waschlewski, Maximilian Kall, Rusky Wiebe, Lois Fleves, Julia Wiegmann, Tobi Schultzendorff und meinen Eltern. Herzlichen Dank für Vertrauen und Geduld.

Mein großer Dank für Halt, Zuspruch und Inspiration gilt: Debo Kötting, Petruschka24, Anne Wohlfahrt, Jochen Markett, Gregor Sedlag, Melissa Kolukisagil, Heiko Rintelen, Grace Mellor, Paul Reeve, Johanna Schüller, Peli Grietzer, Lala Hungerhoff, Isabelle Mandrella, Wilken Bruns, Michael Seemann, Milan Herold, Marie Walrafen, Alfhild Böhringer, Pascal Kümpel, Giorgio Carrato, Julian Marx, Ing-o-wer, Seba Sooth, Ina Aulbach, Julius Jasso, Anne Bremicker, Dr. Andi & Katja Robinson, Malte Weidner, Nisaar Ulama, Philipp Frisch, David Denk, Christian Fuchs, Kristin Horn, Monika Dohm, Naakow Grant-Hayford und dem Galtung-Institut, meinen Geschwistern Nils, Anna und Bene, meinen Nachbarn Urs, Manuel und Katharina, meinen sehr lustigen Ballettlehrern Sylvia Baicu und Jacques A. Barkey, der Nico & Colette Cetto Foundation & der Familie Cetto, sowie: Stef & Familie Frowein, Jean & Brigitte, Daniel James, Paul Klimpel und dem PAF – die mir großzügig Unterschlupf fernab der Großstadt gewährten. Und natürlich zuallerletzt dem Club, dem CDD, dem Abscheulichsten, was mir je untergekommen ist.

Neue starke Stimmen bei mikrotext

Lavinia Braniște:
Null Komma Irgendwas. Roman

Zwischen Clubs, Boulevards, Hypermärkten und Baustellen: Die rumänische Autorin Lavinia Braniște erzählt wunderbar frisch, lakonisch und selbstironisch vom Wunsch nach Anerkennung und von Frauen, die schwach und stark gleichzeitig sind.

„Ein ganz außergewöhnlicher Roman."
rbb Kulturradio

„Mehr als ein Gleichnis auf den Alltag in Rumänien." ttt / ARD

Puneh Ansari: Hoffnun'

Die besten Texte der Wiener Autorin Puneh Ansari in ihrer eigenen Schreibweise. Alltägliche Beobachtungen kippen ins Existenzielle, Melancholie trifft auf komische Sprachspiele. Es geht um Zukunft und Weltuntergang, Pinguine und Windows. Eigentlich um alles.

„Doll ist dieses Buch. Eine Empfehlung."
Titanic

„Atemlos apokalyptisches Werk."
3Sat / Kulturzeit

© mikrotext 2019, Berlin

www.mikrotext.de
facebook.com/mikrotext
twitter/mkrtxt
instagram.com/mikrotext

1. Auflage 2019

Cover: Inga Israel
Satz: Sarah Käsmayr
Schriften: PTL Attention, Minion
Druck und Bindung: Kopa, Kaunas

Printed in Lithuania

ISBN 978-3-944543-74-1